考《かんが》えを広《ひろ》げる

教《きょう》科《か》書《しょ》のお話《はなし》

4年《ねん》生《せい》

考《かんが》えを広《ひろ》げる 教《きょう》科《か》書《しょ》のお話《はなし》 4年《ねん》生《せい》

もくじ

保護者《ほごしゃ》の方《かた》へ

小学校《しょうがっこう》の時《とき》に読《よ》んだ物語《ものがたり》、といわれて、大人《おとな》になった皆《みな》さんが思《おも》いうかべるお話《はなし》はなんでしょう？「おおきなかぶ」「モチモチの木《き》」「ごんぎつね」「海《うみ》のいのち」など、今《いま》も教科書《きょうかしょ》に掲載《けいさい》されているお話《はなし》を思《おも》い出《だ》された方《かた》もいらっしゃることでしょう。

本書《ほんしょ》は、今《いま》の子《こ》どもたちにはもちろん、かつて子《こ》どもだった大人《おとな》の皆《みな》さんにもお勧《すす》めしたい一冊《さつ》です。親子《おやこ》で読《よ》んでいただき、ぜひお話《はなし》についての感想《かんそう》を話《はな》し合《あ》ってみてください。いつのまにか、本音《ほんね》で話《はな》し合《あ》っていることに気《き》づくことでしょう。共通《きょうつう》の題材《だいざい》について、自由《じゆう》に感想《かんそう》を話《はな》し合《あ》うことが、子《こ》どもたちの心《こころ》を育《そだ》てることにつながります。大人《おとな》の皆《みな》さんにとっても、それはかけがえのない時間《じかん》になると思《おも》います。

読書《どくしょ》は、「非認知能力《ひにんちのうりょく》」を育《はぐく》むのに効果的《こうかてき》です。好奇心《こうきしん》や共感性《きょうかんせい》、コミュニケーション能力《のうりょく》などの非認知能力《ひにんちのうりょく》は、学校生活《がっこうせいかつ》だけでなく、社会生活《しゃかいせいかつ》においても役立《やくだ》ちます。非《ひ》認知能力《にんちのうりょく》を育《はぐく》むことで、子《こ》どもたちはより豊《ゆた》かな心持《こころも》ちで過《す》ごすことができるでしょう。本書《ほんしょ》は読《よ》み物《もの》としてだけでなく、コミュニケーションのための一冊《さつ》としても、ぜひ活用《かつよう》していただきたいと思《おも》います。さあ皆《みな》さんでお話《はなし》の世界《せかい》を楽《たの》しみましょう！

筑波大学附属小学校《つくばだいがくふぞくしょうがっこう》　国語科教諭《こくごかきょうゆ》　白坂《しらさか》　洋一《よういち》

白《しろ》いぼうし

［作］あまんきみこ
［絵］後藤美月《ごとうみづき》

「これは、レモンのにおいですか？」

ほりばたで乗《の》せたお客《きゃく》のしんしが、話《はな》しかけました。

「いいえ、夏《なつ》みかんですよ。」

信号《しんごう》が赤《あか》なので、ブレーキをかけてから、運転手《うんてんしゅ》の松井《まつい》さんは、にこにこしてこたえました。

今日《きょう》は、六月《がつ》のはじめ。

夏《なつ》がいきなり始《はじ》まったような暑《あつ》い日《ひ》です。松井《まつい》さんもお客《きゃく》も、白《しろ》いワイシャツ

のそでを、うでまでたくしあげていました。

「ほう、夏《なつ》みかんてのは、こんなににおうものですか？」

「もぎたてなのです。きのう、いなかのおふくろが、〝速達《そくたつ》〟で送《おく》ってくれました。においまでわたしにとどけたかったのでしょう。」

「ほう、ほう。」

「あまりうれしかったので、いちばん大《おお》きいのを、この車《くるま》にのせてきたのですよ。」

信号《しんごう》が青《あお》にかわると、たくさんの車《くるま》がいっせいに走《はし》りだしました。その大通《おおどお》りを曲《ま》がって、細《ほそ》いうら通《どお》りに入《はい》ったところで、しんしはおりていきました。

アクセルをふもうとしたとき、松井《まつい》さんは、はっとしました。

（おや、車道《しゃどう》のあんなすぐそばに、小《ちい》さなぼうしが落《お》ちているぞ。風《かぜ》がもうひとふきすれば、車《くるま》がひいてしまうわい。）

緑《みどり》がゆれているヤナギの下《した》に、かわいい白《しろ》いぼうしが、ちょこんと置《お》いてあります。

松井《まつい》さんは車《くるま》から出《で》ました。

そしてぼうしをつまみあげたとたん、ふわっと何《なに》かが飛《と》びだしました。

「あれっ⁉」

モンシロチョウです。

あわててぼうしをふりまわしました。そんな松井《まつい》さんの目《め》の前《まえ》を、チョウはひらひら高《たか》くまいあがると、並木《なみき》の緑《みどり》のむこうに見《み》えなくなってしまいました。

（はは あ、わざわざここにおいたんだな。）

ぼうしのうらに、赤《あか》いししゅう糸《いと》で、小《ちい》さくぬいとりがしてあります。

たけ山《やま》ようちえん　たけのたけお

小《ちい》さなぼうしをつかんで、ため息《いき》をついている松井《まつい》さんの横《よこ》を、太《ふと》ったおまわりさんが、じろじろ見《み》ながら通《とお》りすぎました。

（せっかくのえものがいなくなっていたら、この子《こ》は、どんなにがっかりするだろう。）

ちょっとの間《あいだ》、かたをすぼめてつったっていた松井《まつい》さんは、何《なに》を思《おも》いついたのか、急《いそ》いで車《くるま》にもどりました。

運転席《うんてんせき》から取《と》りだしたのは、あの夏《なつ》みかんです。まるであたたかい日《ひ》の光《ひかり》をそのままそめつけたような、見事《みごと》な色《いろ》でした。

すっぱい、いいにおいが、風《かぜ》であたりに広《ひろ》がりました。

松井《まつい》さんは、その夏《なつ》みかんに白《しろ》いぼうしをかぶせると、飛《と》ばないように石《いし》でつばをおさえました。

車《くるま》にもどると、おかっぱのかわいい女《おんな》の子《こ》が、ちょこんと後《うし》ろのシートにすわっています。

「道《みち》にまよったの。行《い》っても行《い》っても、四角《しかく》い建物《たてもの》ばかりだもん。」

つかれたような声《こえ》でした。

「ええと、どちらまで？」

「え？ ……ええ、あの、あのね、菜《な》の花横町《はなよこちょう》ってあるかしら？」

「菜《な》の花橋《はなばし》のことですね。」

エンジンをかけたとき、遠《とお》くから元気《げんき》そうな男《おとこ》の子《こ》の声《こえ》が近《ちか》づいてきました。

「あのぼうしの下《した》さあ。お母《かあ》ちゃん、本当《ほんとう》だよ。本当《ほんとう》のチョウチョが、いたんだもん。」

水色《みずいろ》の新《あたら》しい虫《むし》とりあみをかかえた男《おとこ》の子《こ》が、エプロンを付《つ》けたままのお母《かあ》さんの手《て》を、ぐいぐい引《ひ》っぱってきます。

「ぼくが、あのぼうしを開《あ》けるよ。だから、お母《かあ》ちゃんは、このあみでおさえてね。あれっ、石《いし》がのせてあらあ。」

客席《きゃくせき》の女《おんな》の子《こ》が、後《うし》ろからのりだして、せかせかと言《い》いました。

「早《はや》く、おじちゃん。早《はや》く行《い》ってちょうだい。」

松井《まつい》さんは、あわててアクセルをふみました。ヤナギの並木《なみき》が、みるみる後《うし》ろに流《なが》れていきます。

（お母《かあ》さんが虫《むし》とりあみをかまえて、あの子《こ》がぼうしをそうっと開《あ》けたとき――）

と、ハンドルを回《まわ》しながら、松井《まつい》さんは思《おも》います。

（あの子《こ》は、どんなに目《め》を丸《まる》くしただろう。）

すると、ぽかっと口《くち》をO《オー》の字《じ》に開《あ》けている男《おとこ》の子《こ》の顔《かお》が、見《み》えてきます。

（おどろいただろうな。まほうのみかんと思《おも》うかな。

なにしろ、チョウがばけたんだから――）

「ふふふっ。」

ひとりでに笑《わら》いがこみあげてきました。でも、次《つぎ》に、

「おや。」

松井《まつい》さんはあわてました。

バックミラーには、だれもうつっていません。ふりかえっても、だれもいません。

「おかしいな。」

松井《まつい》さんは車《くるま》をとめて、考《かんが》え考《かんが》え、まどの外《そと》を見《み》ました。

そこは、小《ちい》さな団地《だんち》の前《まえ》の小《ちい》さな野原《のはら》でした。

白《しろ》いチョウが、二十も三十も、いえ、もっとたくさん飛《と》んでいました。クローバーが青々《あおあお》と広《ひろ》がり、わた毛《げ》と黄色《きいろ》の花《はな》のまざったタンポポが、点々《てんてん》のもようになってさいています。その上《うえ》を、おどるように飛《と》んでいるチョウをぼんやり見《み》ているうち、松井《まつい》さんには、こんな声《こえ》が聞《き》こえてきました。

「よかったね。」

「よかったよ。」

「よかったね。」

「よかったよ。」
それは、シャボン玉《だま》のはじけるような、小《ちい》さな小《ちい》さな声《こえ》でした。
車《くるま》の中《なか》には、まだかすかに、夏《なつ》みかんのにおいがのこっています。

走《はし》れ

［作］村中李衣《むらなかりえ》　［絵］佐治《さじ》みづき

朝《あさ》の日《ひ》ざしがベランダからさしこむ。のぶよは、のそのそと三人分《にんぶん》のふとんをたたむ。今日《きょう》は、春《はる》の運動会《うんどうかい》。足《あし》のおそいのぶよには、ゆううつな日《ひ》だ。

「ね、ね、今日《きょう》はお母《かあ》ちゃん、ぼくが走《はし》るまでに来《き》てくれるよね」

歯《は》みがきのとちゅうで、けんじが顔《かお》をのぞかせる。

「ん……たぶんね」

のぶよは、お母《かあ》ちゃんのしわしわのまくらを、パンッとはたいて、おし入《い》れに、ほうりこんだ。

のぶよたちのお母《かあ》ちゃんは、駅前《えきまえ》で、べんとうの仕出《しだ》し屋《や》さんをしている。お父《とう》ちゃんがなくなってから、お母《かあ》ちゃんが一人《ひとり》でがんばっているお店《みせ》だ。遠《えん》足《そく》や運動会《うんどうかい》など、行事《ぎょうじ》のある日《ひ》は大《おお》いそがしで、朝《あさ》まだ暗《くら》いうちから仕事《しごと》に出《で》かける。

去年《きょねん》の運動会《うんどうかい》には、お母《かあ》ちゃんの代《か》わりに、お店《みせ》の手《て》つだいのおばさんがお昼《ひる》のべんとうをとどけてくれた。一年生《ねんせい》だったけんじは、とびきりの一等《とう》を走《はし》ったあと、お母《かあ》ちゃんが来《き》ていないことを知《し》って、大《おお》べそをかいた。まだ三年《ねん》生《せい》だったのぶよは、けんじをなぐさめるのと、そのあと始《はじ》まる、びりまちがいなしの自分《じぶん》の短《たん》きょり走《そう》のことで、心《こころ》の中《なか》がぐしょぐしょだった。思《おも》い出《だ》したくない思《おも》い出《で》だ。

「ぜったいに来《く》るさ！　きのうの夜《よる》、ちゃんと約束《やくそく》したもん！」

けんじが、むきになって歯《は》ブラシをふりまわした。

パッ、パパッ、パーンと、空《そら》をつきやぶるように、花火《はなび》が上《あ》がった。

明《あか》るい音楽《おんがく》といっしょに、プログラムはどんどん進《すす》んで、二年生《ねんせい》の短《たん》きょり走《そう》が始《はじ》まった。のぶよは、けんじの走《はし》る番《ばん》が来《く》るぎりぎりまで、校門《こうもん》のところで待《ま》っていたが、お母《かあ》ちゃんのバイクは見《み》えなかった。

とうとう、けんじたちの番《ばん》が来《き》た。けんじは、保護者席《ほごしゃせき》をちらりと見《み》た。が、すぐにまっすぐ前《まえ》をにらんだ。そして、ピストルが鳴《な》ったしゅんかん、一気《いっき》にとびだした。速《はや》い。速《はや》い。

二位《い》の子《こ》を五メートルも引《ひ》きはなして、けんじはテープを切《き》った。

「けんじはもう走《はし》っちゃったかい？」

かけつけたお母《かあ》ちゃんが、かたで息《いき》をしながらグラウンドをのぞきこんだときには、二年生《ねんせい》の短《たん》きょり走《そう》はおわっていた。

お昼休《ひるやす》み、お母《かあ》ちゃんは、二年生《ねんせい》の席《せき》までけんじをむかえに行《い》った。

「お姉《ねえ》ちゃんに聞《き》いたよ。また一等《とう》だったんだって？　やるなあ、けんじは」

けんじは、下《した》を向《む》いて、返事《へんじ》をしない。

「店《みせ》の人《ひと》にあとをたのんで出《で》かけようとしたら、まとめてべんとうの注文《ちゅうもん》が入《はい》ったんだよ。三十こだからねえ。そのかわり、ほうら」

お母《かあ》ちゃんは、むねをはって、くいっと、べんとう包《づつ》みをのぶよに手《て》わたした。のぶよが包《つつ》みをひらくと、けんじがつぶやいた。

「え？　これなの？」

「これって？」

お母《かあ》ちゃんが、笑《わら》いながらききかえした。

「ぼく、今日《きょう》は特《とく》せいのおべんとう作《つく》ってって、いったのに」

「だから、見《み》てごらんよ。このからあげ、今日《きょう》は、特上《とくじょう》のもも肉《にく》ふんぱつしたんだ

から。あつ焼《や》きたまごだって、いつもの三倍《ばい》くらいあるよ。それにさ……」

「こんなんじゃいやだ。お店《みせ》で売《う》ってるのと同《おな》じじゃないか」

お母《かあ》ちゃんの笑顔《えがお》が消《き》えた。

「もう行《い》く」

けんじが、だっと、かけだした。

のぶよがとまどっている間《あいだ》に、お母《かあ》ちゃんは、だまって、おにぎりを食《た》べはじめた。

なんにもいわず、ゆっくり、ごはんをのみこんでいく。お母《かあ》ちゃんのひざから、わりばしが二つ、かさりと落《お》ちた。店《みせ》の名前入《なまえい》りの見《み》なれたわりばし。その紙《かみ》のふくろに、お母《かあ》ちゃんのごちごちした文字《もじ》で、一つずつ、

『けんじ、一等賞《とうしょう》だ！』

『のぶよ、行《い》け！』

と書《か》かれていた。

のぶよは、わりばしをひろうと、ぎゅっとにぎって、けんじを追《お》いかけた。

けんじは、水飲《みずの》み場《ば》のところで、水《みず》をがぶ飲《の》みしていた。

「けんじ」

けんじが水《すい》てきだらけの顔《かお》を上《あ》げた。

のぶよは、だまって、わりばしを見《み》せた。

けんじは、しばらくその文字《もじ》をにらんでいたが、ぼうしをぐっとかぶり直《なお》すと、二年生《ねんせい》の席《せき》へかけていった。

お昼《ひる》ぬきで、午後《ごご》の競技《きょうぎ》が始《はじ》まった。

つな引《ひ》きと、六年生《ねんせい》のフォークダンスが終《お》わって、四年生《ねんせい》の短《たん》きょり走《そう》になった。一列《れつ》スタートするたびに、ぱっとすなぼこりが上《あ》がる。次《つぎ》の列《れつ》が、ざわざわと前進《ぜんしん》する。

（あと一列《れつ》）

のぶよのしんぞうの音《おと》が、だんだん高《たか》くなる。

ザクッという音《おと》とすなぼこりのあと、のぶよの目《め》の前《まえ》が急《きゅう》に広《ひろ》くなった。しんこきゅうして、体《からだ》を前《まえ》にたおす。頭《あたま》の中《なか》が真《ま》っ白《しろ》になっていく。

「ようい!」

耳《みみ》のおくで、かすかにピストルの音《おと》を聞《き》いた。両《りょう》わきからいちどきに風《かぜ》が起《お》こる。ひとつおくれて、のぶよも体《からだ》を前《まえ》におしだした。

(がんばって走《はし》らなきゃ)

体《からだ》が重《おも》い。

(お母《かあ》ちゃん、ショックだったろうな。でも、けんじもさみしくて……わたしだって本当《ほんとう》は……)

体《からだ》がどんどん重《おも》くなる。一生《いっしょう》けんめい走《はし》ろうとすればするほど、体《からだ》が後《うし》ろへ下《さ》がっていく。

(あ、もう走《はし》れない)

そのとき、ふいにせなかに、二つの声《こえ》がかぶさった。

「姉《ねえ》ちゃん、行《い》けっ！」

「のぶよ、行《い》け！」

思《おも》わず、ぎゅんと足《あし》が出《で》た。

「走《はし》れ！　そのまんま、走《はし》れ！」

おしりが、すわっと軽《かる》くなる。次《つぎ》のしゅんかん、体《からだ》にからみついていた、いろんな思《おも》いが、するするとほどけていった。

走《はし》った。どこまでも走《はし》れる気《き》がした。とうめいな空気《くうき》の中《なか》に、体《からだ》ごととびこんだ。

「はい、君《きみ》がラストね」

とつぜん、係《かかり》の声《こえ》がした。

体《からだ》の中《なか》は、まだ、どくどく波《なみ》うって走《はし》りつづけている感《かん》じだ。

ラストという言葉《ことば》が、こんなにほこらしく聞《き》こえたことは、はじめてだった。

たいじょう門《もん》から出《で》ると、けんじとお母《かあ》ちゃんが立《た》っていた。

「へたくそ」

けんじが、ぷくりとふくれたくちびるを動《うご》かして、おこったようにいった。
そばで、お母《かあ》ちゃんがにかっと笑《わら》った。
いきなり、けんじが走《はし》りだした。
ころがっている旗《はた》をとびこえ、だんボール箱《ばこ》をとびこえ、走《はし》る。走《はし》る。
のぶよも、追《お》いかけて走《はし》りだした。
「おなか、へったぞお」
けんじが、前《まえ》を走《はし》りながら大《おお》きな声《こえ》でいった。
「おなか、へったよお」
のぶよも、うしろから大《おお》きな声《こえ》でいった。
二人《ふたり》は走《はし》った。走《はし》りながら笑《わら》った。
笑《わら》いながら走《はし》りつづけた。

一つの花《はな》

［作］今西祐行《いまにしすけゆき》
［絵］鈴木義治《すずきよしはる》

「一つだけ、ちょうだい。」

これが、ゆみ子《こ》のはっきりおぼえた、最初《さいしょ》のことばでした。

まだ戦争《せんそう》のはげしかったころのことです。

そのころは、おまんじゅうだの、キャラメルだの、チョコレートだの、そんなものは、どこへいってもありませんでした。おやつどころではありませんでした。食《た》べるものといえば、お米《こめ》の代《か》わりに配給《はいきゅう》される、おいもや、豆《まめ》や、かぼちゃしかありませんでした。

毎日《まいにち》、敵《てき》の飛行機《ひこうき》がとんできて、ばくだんを落《お》としていきました。

町《まち》は、次々《つぎつぎ》に焼《や》かれて、灰《はい》になっていきました。

ゆみ子《こ》は、いつもおなかをすかしていたのでしょうか。ご飯《はん》のときでも、おやつのときでも、もっともっと、と言《い》って、いくらでもほしがるのでした。

　すると、ゆみ子《こ》のお母《かあ》さんは、

「じゃあねっ、一つだけよ。」

といって、自分《じぶん》のぶんから一つ、ゆみ子《こ》に分《わ》けてくれるのでした。

「一つだけ……。一つだけ……。」

と、これが、お母《かあ》さんの口《くち》ぐせになってしまいました。

　ゆみ子《こ》は、知《し》らず知《し》らずのうちに、お母《かあ》さんの、この口《くち》ぐせを覚《おぼ》えてしまったのです。

「なんてかわいそうな子《こ》でしょうね。一つだけちょうだいといえば、なんでももらえると思《おも》っているのね。」

あるとき、お母《かあ》さんが言《い》いました。

するとお父《とう》さんが、深《ふか》いため息《いき》をついて、言《い》いました。

「この子《こ》は、一生《いっしょう》、みんなちょうだい、山《やま》ほどちょうだいと言《い》って、両手《りょうて》をだすことを知《し》らずにすごすかもしれないね。……一つだけのいも、一つだけのにぎり飯《めし》、一つだけのかぼちゃの煮《に》つけ……。みんな一つだけ。一つだけの喜《よろこ》びさ。いや、喜《よろこ》びなんて、一つだってもらえないかもしれないんだね。いったい、大《おお》きくなって、どんな子《こ》に育《そだ》つだろう。」

そんなとき、お父《とう》さんは、きまってゆみ子《こ》をめちゃくちゃに高《たか》い高《たか》いするのでした。

それからまもなく、あまりじょうぶでないゆみ子《こ》のお父《とう》さんも、戦争《せんそう》に行《い》かなければならない日《ひ》がやってきました。

お父《とう》さんが戦争《せんそう》に行《い》く日《ひ》、ゆみ子《こ》は、お母《かあ》さんにおぶわれて、遠《とお》い汽車《きしゃ》の駅《えき》まで、送《おく》っていきました。頭《あたま》には、お母《かあ》さんの作《つく》ってくれた、わた入《い》れの防空《ぼうくう》ずきんをかぶっていきました。

お母《かあ》さんの肩《かた》にかかっているかばんには、包帯《ほうたい》、お薬《くすり》、配給《はいきゅう》のきっぷ、そして、大事《だいじ》なお米《こめ》で作《つく》った、おにぎりが入《はい》っていました。

ゆみ子《こ》は、おにぎりが入《はい》っているのを、ちゃあんと知《し》っていましたので、

「一つだけちょうだい。」

「おじぎり、一つだけちょうだい。」

と言《い》って、駅《えき》に着《つ》くまでにみんな食《た》べてしまいました。お母《かあ》さんは、戦争《せんそう》に行《い》くお父《とう》さんに、ゆみ子《こ》の泣《な》き顔《がお》を見《み》せたくなかったのでしょうか。

駅《えき》には、ほかにも戦争《せんそう》に行《い》く人《ひと》があって、人《ひと》ごみのなかから、ときどきバンザイの声《こえ》が起《お》こりました。また、別《べつ》のほうからは、たえず、勇《いさ》ましい軍歌《ぐんか》が聞《き》こえてきました。

ゆみ子《こ》とお母《かあ》さんのほかに見送《みおく》りのないお父《とう》さんは、プラットホームのはしのほうで、ゆみ子《こ》をだいて、そんなバンザイや、軍歌《ぐんか》の声《こえ》に合《あ》わせて、小《ちい》さくバンザイをしたり、歌《うた》を歌《うた》ったりしていました。まるで、戦争《せんそう》になんか行《い》く人《ひと》ではないかのように……。

ところが、いよいよ汽車《きしゃ》が入《はい》ってくるというときになって、またゆみ子《こ》の「一つだけちょうだい」が始《はじ》まったのです。

「みんなおやりよ、母《かあ》さん。おにぎりを……。」

お父《とう》さんが言《い》いました。

「ええ、もう食《た》べちゃったんですの……。ゆみちゃん、いいわねえ。お父《とう》ちゃん、兵隊《へいたい》ちゃんになるんだって、バンザーイって……。」

お母《かあ》さんはそう言《い》って、ゆみ子《こ》をあやしましたが、ゆみ子《こ》はとうとう泣《な》きだしてしまいました。

「一つだけ……。一つだけ……。」

と言《い》って。

お母《かあ》さんが、ゆみ子《こ》を一生《いっしょう》けんめいあやしているうちに、お父《とう》さんが、ぷいといなくなってしまいました。

お父《とう》さんは、プラットホームのはしっぽの、ごみすて場《ば》のようなところに忘《わす》れられたように咲《さ》いていたコスモスの花《はな》を見《み》つけたのです。あわてて帰《かえ》ってきたお父《とう》さんの手《て》には、一輪《いちりん》のコスモスの花《はな》がありました。

「ゆみ。さあ一つだけあげよう。一つだけのお花《はな》。大事《だいじ》にするんだよう……。」

ゆみ子《こ》は、お父《とう》さんに花《はな》をもらうと、キャッキャッと、足《あし》をばたつかせて喜《よろこ》びました。

お父《とう》さんは、それを見《み》て、にっこり笑《わら》うと、何《なに》も言《い》わずに、汽車《きしゃ》に乗《の》って行《い》ってしまいました。ゆみ子《こ》のにぎっている、一つの花《はな》を見《み》つめながら……。

それから、十年《ねん》の年月《としつき》がすぎました。

ゆみ子《こ》は、お父《とう》さんの顔《かお》を覚《おぼ》えていません。自分《じぶん》にお父《とう》さんがあったことも、あるいは知《し》らないのかもしれません。

でも、今《いま》ゆみ子《こ》のとんとんぶきの小《ちい》さな家《いえ》は、コスモスの花《はな》でいっぱいに包《つつ》まれています。

そこから、ミシンの音《おと》が、たえず早《はや》くなったり、おそくなったり、まるで何《なに》かお話《はなし》をしているかのように、聞《き》こえてきます。それは、あのお母《かあ》さんでしょうか。

「母《かあ》さん。お肉《にく》とお魚《さかな》とどっちがいいの？」

と、ゆみ子《こ》の高《たか》い声《こえ》が、コスモスのなかから聞《き》こえてきました。

すると、ミシンの音《おと》がしばらくやみました。

やがて、ミシンの音《おと》がまたいそがしく始《はじ》まったとき、買《か》い物《もの》かごをさげたゆみ子《こ》が、スキップをしながら、コスモスのトンネルをくぐって出《で》てきました。

そして、町《まち》のほうへ行《い》きました。

今日《きょう》は日曜日《にちようび》、ゆみ子《こ》が小《ちい》さなお母《かあ》さんになって、お昼《ひる》を作《つく》る日《ひ》です。

ごんぎつね

［作］新美南吉《にいみなんきち》　［絵］初見寧《はつみねい》

一

これは、わたしが小《ちい》さいときに、村《むら》の茂平《もへい》というおじいさんからきいたお話《はなし》です。

むかしは、わたしたちの村《むら》の近《ちか》くの、中山《なかやま》というところに小《ちい》さなお城《しろ》があって、中山様《なかやまさま》というおとの様《さま》が、おられたそうです。

その中山《なかやま》から、少《すこ》しはなれた山《やま》の中《なか》に、「ごんぎつね」というきつねがいました。ごんは、ひとりぼっちの小《こ》ぎつねで、しだのいっぱいしげった森《もり》の中《なか》に穴《あな》をほって住《す》んでいました。そして、夜《よる》でも昼《ひる》でも、あたりの村《むら》へ出《で》てきて、いたずらばかりしました。畑《はたけ》へ入《はい》って芋《いも》をほりちらしたり、菜種《なたね》がらの、ほしてあるのへ火《ひ》をつけたり、百姓家《ひゃくしょうや》のうら手《て》につるしてあるとんがらしをむしりとって、いったり、いろいろなことをしました。

ある秋《あき》のことでした。二、三日雨《にちあめ》がふりつづいたそのあいだ、ごんは、外《そと》へも出《で》られなくて穴《あな》の中《なか》にしゃがんでいました。

雨《あめ》があがると、ごんは、ほっとして穴《あな》からはいでました。空《そら》はからっと晴《は》れていて、百舌鳥《もず》の声《こえ》がきんきん、ひびいていました。

ごんは、村《むら》の小川《おがわ》の堤《つつみ》まで出《で》てきました。あたりの、すすきの穂《ほ》には、まだ雨《あめ》のしずくが光《ひか》っていました。川《かわ》はいつもは水《みず》が少《すく》ないのですが、三日《みっか》もの雨《あめ》で、水《みず》が、どっとましていました。ただのときは水《みず》につか

ることのない、川《かわ》べりのすすきや、萩《はぎ》の株《かぶ》が、黄色《きいろ》くにごった水《みず》に横《よこ》だおしになって、もまれています。ごんは川下《かわしも》の方《ほう》へと、ぬかるみ道《みち》を歩《ある》いていきました。

ふと見《み》ると、川《かわ》の中《なか》に人《ひと》がいて、何《なに》かやっています。ごんは、見《み》つからないように、そうっと草《くさ》の深《ふか》いところへ歩《ある》きよって、そこからじっとのぞいてみました。

「兵十《ひょうじゅう》だな。」と、ごんは思《おも》いました。兵十《ひょうじゅう》はぼろぼろの黒《くろ》い着物《きもの》をまくしあげて、腰《こし》のところまで水《みず》にひたりながら、魚《さかな》をとる、はりきりという、網《あみ》をゆすぶっていました。はちまきをした顔《かお》の横《よこ》っちょうに、円《まる》い萩《はぎ》の葉《は》が一まい、大《おお》きな黒子《ほくろ》みたいにへばりついていました。

しばらくすると、兵十《ひょうじゅう》は、はりきり網《あみ》のいちばん後《うし》ろの、袋《ふくろ》のようになったところを、水《みず》の中《なか》からもちあげました。その中《なか》には、芝《しば》の根《ね》や、草《くさ》の葉《は》や、くさった木《き》ぎれなどが、ごちゃごちゃ入《はい》っていましたが、でもところどころ、白《しろ》いものがきらきら光《ひか》っています。それは、太《ふと》いうなぎの腹《はら》や、大《おお》きなきすの腹《はら》でした。兵十《ひょうじゅう》は、びくの中《なか》へ、そのうなぎやきすを、ごみといっしょにぶちこみました。そしてまた、袋《ふくろ》の口《くち》をしばって、水《みず》の中《なか》へ入《い》れました。

　兵十《ひょうじゅう》はそれから、びく*をもって川《かわ》から上《あ》がりびくを土手《どて》においといて、何《なに》をさがしにか、川上《かわかみ》の方《ほう》へかけていきました。

　兵十《ひょうじゅう》がいなくなると、ごんは、ぴょいと草《くさ》の中《なか》からとびだして、びくのそばへかけつけました。

　ちょいと、いたずらがしたくなったのです。

　ごんはびくの中《なか》の魚《さかな》をつかみだしては、はりきり網《あみ》のかかっているところより下《しも》

*とった魚《さかな》を入《い》れておくかご。

手《て》の川《かわ》の中《なか》を目《め》がけて、ぽんぽんなげこみました。

どの魚《さかな》も、「とぼん」と音《おと》を立《た》てながらにごった水《みず》の中《なか》へもぐりこみました。

いちばんしまいに、太《ふと》いうなぎをつかみにかかりましたが、何《なに》しろぬるぬるとすべりぬけるので、手《て》ではつかめません。

ごんはじれったくなって、頭《あたま》をびくの中《なか》につっこんで、うなぎの頭《あたま》を口《くち》にくわえました。

うなぎは、キュッといって、ごんの首《くび》へまきつきました。そのとたんに兵十《ひょうじゅう》が、向《む》こうから、「うわァぬすとぎつねめ。」と、どなりたてました。ごんは、びっくりしてとびあがりました。うなぎをふりすててにげようとしましたが、うなぎは、ごんの首《くび》にまきついたままはなれません。ごんはそのまま横《よこ》っとびにとびだして一生《いっしょう》けんめいに、にげていきました。

ほら穴《あな》の近《ちか》くの、はんの木《き》の下《した》でふりかえってみましたが、兵十《ひょうじゅう》は追《お》っかけてはきませんでした。

ごんは、ほっとして、うなぎの頭《あたま》をかみくだき、やっとはずして穴《あな》のそとの、草《くさ》の葉《は》の上《うえ》にのせておきました。

二

　十日《とおか》ほどたって、ごんが、弥助《やすけ》というお百姓《ひゃくしょう》の家《うち》のうらを通《とお》りかかりますと、そこの、いちじくの木《き》のかげで、弥助《やすけ》の家内《かない》が、おはぐろをつけていました。鍛冶屋《かじや》の新兵衛《しんべえ》の家《うち》のうらを通《とお》ると、新兵衛《しんべえ》の家内《かない》が、かみをすいていました。ごんは、

「ふふん、村《むら》に何《なに》かあるんだな。」

と思《おも》いました。

「なんだろう、秋祭《あきまつ》りかな。祭《まつ》りなら、太鼓《たいこ》や笛《ふえ》の音《おと》がしそうなものだ。それに第一《だいいち》、お宮《みや》にのぼりが立《た》つはずだが。」

　こんなことを考《かんが》えながらやってきますと、いつのまにか、表《おもて》に赤《あか》い井戸《いど》のある、兵十《ひょうじゅう》の家《うち》の前《まえ》へきました。その小《ちい》さな、こわれかけた家《いえ》の中《なか》には、大勢《おおぜい》の

人《ひと》があつまっていました。

よそいきの着物《きもの》を着《き》て、腰《こし》に手《て》ぬぐいを下《さ》げたりした女《おんな》たちが、表《おもて》のかまどで火《ひ》をたいています。大《おお》きな鍋《なべ》の中《なか》では、何《なに》かぐずぐずにえていました。

「ああ、葬式《そうしき》だ。」と、ごんは思《おも》いました。

「兵十《ひょうじゅう》の家《うち》のだれが死《し》んだんだろう。」

お昼《ひる》がすぎると、ごんは、村《むら》の墓地《ぼち》へいって、六地蔵《ろくじぞう》さんのかげにかくれていました。いいお天気《てんき》で、遠《とお》く向《む》こうにはお城《しろ》の屋根瓦《やねがわら》が光《ひか》っています。墓地《ぼち》には、ひがん花《ばな》が、赤《あか》い布《きれ》のようにさきつづいていました。と、村《むら》の方《ほう》から、カーン、カーンと鐘《かね》が鳴《な》ってきました。葬式《そうしき》の出《で》る合図《あいず》です。

やがて、白《しろ》い着物《きもの》を着《き》た葬列《そうれつ》のものたちがやってくるのがちらちら見《み》えはじめました。話《はな》し声《ごえ》も近《ちか》くなりました。葬列《そうれつ》は墓地《ぼち》へ入《はい》ってきました。人々《ひとびと》が通《とお》ったあとには、ひがん花《ばな》が、ふみおられていました。

ごんはのびあがってみました。兵十《ひょうじゅう》が、白《しろ》いかみしも*を付《つ》けて、位牌《いはい》をささげています。いつもは赤《あか》いさつま芋《いも》みたいな元気《げんき》のいい顔《かお》が、今日《きょう》はなんだかしおれていました。

「ははん、死《し》んだのは兵十《ひょうじゅう》のおっかあだ。」

ごんはそう思《おも》いながら、頭《あたま》をひっこめました。

その晩《ばん》、ごんは、穴《あな》の中《なか》で考《かんが》えました。

「兵十《ひょうじゅう》のおっかあは、床《とこ》についていて、うなぎが食《た》べたいと言《い》ったにちがいない。それで兵十《ひょうじゅう》がはりきり網《あみ》を持《も》ちだしたんだ。ところが、わしがいたずらをして、うなぎを取《と》ってきてしまった。だから兵十《ひょうじゅう》は、おっかあにうなぎを食《た》べさせることができなかった。そのままおっかあは、死《し》んじゃったにちがいない。ああ、うなぎが食《た》べたい、うなぎが食《た》べたいとおもいながら、死《し》んだんだろう。ちょッ、あんないたずらをしなけりゃよかった。」

＊着物《きもの》の上《うえ》から身《み》につける上着《うわぎ》とはかま。

三

兵十《ひょうじゅう》が、赤《あか》い井戸《いど》のところで、麦《むぎ》をといでいました。

兵十《ひょうじゅう》はいままで、おっかあと二人《ふたり》きりで貧《まず》しいくらしをしていたもので、おっかあが死《し》んでしまっては、もうひとりぼっちでした。

「おれと同《おな》じひとりぼっちの兵十《ひょうじゅう》か。」

こちらの物置《ものおき》の後《うし》ろから見《み》ていたごんは、そう思《おも》いました。

ごんは物置《ものおき》のそばをはなれて、向《む》こうへ行《い》きかけますと、どこかで、いわしを売《う》る声《こえ》がします。

「いわしの安売《やすう》りだァい。活《い》きのいいいわしだァい。」

ごんは、その、いせいのいい声《こえ》のする方《ほう》へ走《はし》っていきました。と、弥助《やすけ》のおかみさんがうら戸口《とぐち》から、

「いわしをおくれ。」

と言《い》いました。いわし売《う》りは、いわしのかごをつんだ車《くるま》を、道《みち》ばたにおいて、ぴかぴか光《ひか》るいわしを両手《りょうて》でつかんで、弥助《やすけ》の家《うち》の中《なか》へ持《も》って入《はい》りました。ごんはそのすきまに、かごの中《なか》から、五、六ぴきのいわしをつかみだして、もときた方《ほう》へかけだしました。そして、兵十《ひょうじゅう》の家《うち》のうら口《ぐち》から、家《うち》の中《なか》へいわしを投《な》げこんで、穴《あな》へ向《む》かってかけもどりました。途中《とちゅう》の坂《さか》の上《うえ》でふりかえってみますと、兵十《ひょうじゅう》がまだ、井戸《いど》のところで麦《むぎ》をといでいるのが小《ちい》さく見《み》えました。

ごんは、うなぎのつぐないに、まず一つ、いいことをしたと思《おも》いました。

次《つぎ》の日《ひ》には、ごんは山《やま》で栗《くり》をどっさりひろって、それをかかえて、兵十《ひょうじゅう》の家《うち》へ行《い》きました。うら口《ぐち》からのぞいてみますと、兵十《ひょうじゅう》は、昼飯《ひるめし》を食《た》べかけて、茶椀《ちゃわん》を持《も》ったま、ぼんやりと考《かんが》えこんでいました。

変《へん》なことには兵十《ひょうじゅう》のほっぺたに、かすり傷《きず》がついています。どうしたんだろうと、ごんが思《おも》っていますと、兵十《ひょうじゅう》がひとりごとを言《い》いました。

「いったいだれが、いわしなんかをおれの家《うち》へほうりこんでいったんだろう。おかげでおれは、盗人《ぬすっと》と思《おも》われて、いわし屋《や》のやつに、ひどい目《め》にあわされた。」

と、ぶつぶつ言《い》っています。

ごんは、これはしまったと思《おも》いました。かわいそうに兵十《ひょうじゅう》は、いわし屋《や》にぶんなぐられて、あんな傷《きず》までつけられたのか。

ごんはこう思《おも》いながら、そっと物置《ものおき》の方《ほう》へまわってその入口《いりぐち》に、栗《くり》を置《お》いて帰《かえ》りました。

次《つぎ》の日《ひ》も、その次《つぎ》の日《ひ》もごんは、栗《くり》をひろっては、兵十《ひょうじゅう》の家《うち》へ持《も》ってきてやりました。

その次《つぎ》の日《ひ》には、栗《くり》ばかりでなく、まつたけも二、三本《ぼん》持《も》っていきました。

四

月《つき》のいい晩《ばん》でした。ごんは、ぶらぶら遊《あそ》びに出《で》かけました。中山様《なかやまさま》のお城《しろ》の下《した》を通《とお》って少《すこ》し行《い》くと、細《ほそ》い道《みち》の向《む》こうから、だれか来《く》るようです。話《はな》し声《ごえ》が聞《き》こえます。チンチロリン、チンチロリンと松虫《まつむし》が鳴《な》いています。

ごんは、道《みち》の片側《かたがわ》にかくれて、じっとしていました。話《はな》し声《ごえ》はだんだん近《ちか》くなりました。それは、兵十《ひょうじゅう》と、加助《かすけ》というお百姓《ひゃくしょう》でした。

「そうそう、なあ加助《かすけ》。」

と、兵十《ひょうじゅう》が言《い》いました。

「ああん？」

「おれあ、このごろ、とても、ふしぎなことがあるんだ。」

「何《なに》が？」

「おっかあが死《し》んでからは、だれだか知《し》らんが、おれに栗《くり》やまつたけなんかを、毎日毎日《まいにちまいにち》くれるんだよ。」

「ふうん、だれが？」

「それがわからんのだよ。おれの知《し》らんうちに、置《お》いていくんだ。」

ごんは、二人《ふたり》のあとをつけていきました。

「ほんとかい？」

「ほんとだとも。うそと思《おも》うなら、あした見《み》にこいよ。その栗《くり》を見《み》せてやるよ。」

「へえ、へんなこともあるもんだなァ。」

それなり、二人《ふたり》はだまって歩《ある》いていきました。

加助《かすけ》がひょいと、後《うし》ろを見《み》ました。ごんはびくっとして、小《ちい》さくなって立《た》ち止《ど》まりました。加助《かすけ》は、ごんには気《き》がつかないで、そのままさっさと歩《ある》きました。吉兵衛《きちべえ》というお百姓《ひゃくしょう》の家《うち》まで来《く》ると、二人《ふたり》はそこへ入《はい》っていきました。ポンポンポンポンと*木魚《もくぎょ》の音《おと》がしています。窓《まど》の障子《しょうじ》に明《あ》かりがさしていて、大《おお》きな坊主頭《ぼうずあたま》がうつって動《うご》いていました。ごんは、

「お念仏《ねんぶつ》があるんだな。」

と思《おも》いながら井戸《いど》のそばにしゃがんでいました。しばらくすると、また三人《にん》ほど、人《ひと》がつれだって吉兵衛《きちべえ》の家《うち》へ入《はい》っていきました。お経《きょう》を読《よ》む声《こえ》がきこえてきました。

五

ごんは、お念仏《ねんぶつ》がすむまで、井戸《いど》のそばにしゃがんでいました。兵十《ひょうじゅう》と加助《かすけ》はまたいっしょに帰《かえ》っていきます。ごんは、二人《ふたり》の話《はなし》を聞《き》こうと思《おも》って、ついていきました。兵十《ひょうじゅう》の影法師《かげほうし》をふみふみ行《い》きました。

お城《しろ》の前《まえ》まできたとき、加助《かすけ》が言《い》いだしました。

「さっきの話《はなし》は、きっと、そりゃあ、神様《かみさま》のしわざだぞ。」

「えっ?」

と、兵十《ひょうじゅう》はびっくりして、加助《かすけ》の顔《かお》をみました。

「おれは、あれからずっと考《かんが》えていたが、どうも、そりゃ、人間《にんげん》じゃない、神《かみ》

*お経《きょう》を読《よ》む時《とき》にたたいてならす木製《もくせい》の道具《どうぐ》。

様《さま》だ、神様《かみさま》が、お前《まえ》がたった一人《ひとり》になったのをあわれに思《おも》わっしゃって、いろんなものをめぐんでくださるんだよ。」

「そうかなあ。」

「そうだとも。だから、毎日神様《まいにちかみさま》にお礼《れい》を言《い》うがいいよ。」

「うん。」

ごんは、へえ、こいつはつまらないなと思《おも》いました。おれが、栗《くり》やまつたけを持《も》っていってやるのに、そのおれにはお礼《れい》を言《い》わないで、神様《かみさま》にお礼《れい》を言《い》うんじゃァおれは、ひきあわないなあ。

六

その明《あ》くる日《ひ》もごんは、栗《くり》を持《も》って、兵十《ひょうじゅう》の家《うち》へ出《で》かけました。兵十《ひょうじゅう》は物置《ものおき》で縄《なわ》をなっていました。それでごんは家《うち》のうら口《ぐち》から、こっそり中《なか》へ入《はい》りました。

そのとき兵十《ひょうじゅう》は、ふと顔《かお》をあげました。と、きつねが家《うち》の中《なか》へ入《はい》ったではありませんか。こないだうなぎをぬすみやがったあのごんぎつねめが、またいたずらをしにきたな。

「ようし。」

兵十《ひょうじゅう》は、立《た》ちあがって、納屋《なや》にかけてある火縄銃《ひなわじゅう》をとって、火薬《かやく》をつめました。

そして足音《あしおと》をしのばせて近《ちか》よって、いま戸口《とぐち》を出《で》ようとするごんを、ドンと、うちました。

ごんは、ばたりとたおれました。兵十《ひょうじゅう》はかけよってきました。家《うち》の中《なか》を見《み》ると土間《どま》に栗《くり》が、かためて置《お》いてあるのが目《め》につきました。

「おや。」

と兵十《ひょうじゅう》は、びっくりしてごんに目《め》を落《お》としました。

「ごん、おまいだったのか。いつも栗《くり》をくれたのは。」

ごんは、ぐったりと目《め》をつぶったまま、うなずきました。

兵十《ひょうじゅう》は、火縄銃《ひなわじゅう》をばたりと、取《と》り落《お》としました。青《あお》い煙《けむり》が、まだ筒口《つつぐち》から細《ほそ》く出《で》ていました。

木竜《もくりゅう》うるし

［作］木下順二《きのしたじゅんじ》　［絵］篠崎三朗《しのざきみつお》

昔山《むかしやま》のなかに深《ふか》い深《ふか》いぬまがあった。

ある日《ひ》、そうべえにごん六《ろく》という二人《ふたり》のきこりが、そのぬまのふちで大《おお》きなのこぎりでもって、それぞれにズイコズイコと木《き》をひいておった。

そうするうちに、そうべえは手《て》をやめて、ごん六《ろく》がズイコズイコとひいておるのをしばらくじっと見《み》ておったけが、やがて、

「こら、ごん六《ろく》」

と言《い》った。ごん六《ろく》は、

「あいよ」

と答《こた》えながら、ズイコズイコとのこぎりをひいておった。そしてそうべえが、

「こら、ごん六《ろく》、おめえののこぎりをかせ。おらのはちっとも切《き》れん」

と言《い》うと、ごん六《ろく》は、

「あいよ」

と言《い》ってすぐとりかえてやって、とりかえたのこぎりで、あいかわらずズイコズイコと木《き》を切《き》っておった。

そうべえも、しばらくはだまってズイコズイコと切《き》っておったが、やがてまた手《て》をやめて、

「やい、ごん六《ろく》」

といった。ごん六《ろく》は、あいかわらずズイコズイコとやりながら、

「あいよ」

と答《こた》えると、そうべえは、

「やい、ごん六《ろく》、おらの切《き》った木《き》も、おめえ、みんなおめえがあとでわっておいて、おめえがしょって山《やま》をおりるだぞ」

と言《い》ったので、ごん六《ろく》はびっくりして切《き》るのをやめて、

「なんでや」

と聞《き》くと、そうべえは、

「あたりまえでねえか。おめえののこぎりで切《き》った木《き》だ。みんなおめえがわって運《はこ》ぶのがあたりまえよ」

と言《い》った。ごん六《ろく》は、少《すこ》し考《かんが》えてから、

「ああ、そうか。うん、よし」

と答《こた》えて、またズイコズイコと切《き》っておったが、やがてして手《て》をやめて、のこぎりのはを見《み》ながら、

「おめえののこぎりは切《き》れんのう。おらがあとで*目立《めたて》をしてやろう」

と言《い》った。するとそうべえはそうべえで、手《て》に持《も》ったのこぎりのはを見《み》ながら、

「おめえののこぎりは切《き》れるのう。おめえ、こんなに切《き》れるのこぎりをもっとるのなら、おらのぶんもおめえが切《き》ってくれ」

と言《い》った。ごん六《ろく》はちょっと考《かんが》えてから、

「そうだなあ。おめえののこぎりゃ、こらとてもだめだ。よし、そんならおらのをよこせ」

と言《い》った。そうべえは、

「きっとおらのぶんも切《き》るだぞ。なまけたらしょうちせんぞ」

と言《い》いながら、ごん六《ろく》の大《おお》きなのこぎりを、「ほうら」とこちらへほうってよこしたが、よそ見《み》をしながらほうったもんで、のこぎりはボチャンとぬまに落《お》ちて、そのますうっと、青《あお》い水《みず》の底《そこ》へしずんで行《い》ってしまった。

二人《ふたり》は、

「あっ」

と言《い》ってぬまの中《なか》をのぞきこんだが、何《なん》にも見《み》えはせん。するとそうべえがいきなり、

「やいごん六《ろく》、早《はよ》うもぐってとってこんか」

ごん六《ろく》はびっくりして、

「そ、そんでも、このぬまは、昔《むかし》からだれももぐったことのないぬまだぞ。おら、おっかないわ」

「おっかないなんて言《い》うとる時《とき》か。おめえののこぎりでないか」

＊のこぎりの歯《は》ややすりの目《め》などがつぶれたのをするどくすること。

「うん。でも、おら一人《ひとり》ではおっかないで、おめえ、いっしょに入《はい》ってくれんか」

「このばかやろう、自分《じぶん》のもんは自分《じぶん》でさがすがあたりまえだ。さあ早《はよ》う入《はい》れ。こら、入《はい》らんか。さあ、入《はい》れっちゅうに」

と言《い》ってそうべえは、ごん六《ろく》をぬまのなかにおしこむようにしたので、ごん六《ろく》は、

「ちょっと待《ま》て。入《はい》るでよ。おら、入《はい》るっちゅうに。わあっ」

とさわぎながら、とうとうドブンとぬまの中《なか》にとびこんで、ブクブクブクブクとしずんで行《い》った。

そうべえはそれを見《み》て大笑《おおわら》いをして、それから腰《こし》を下《お》ろしてたばこをのみながらひとりごとで、

「さあ、これで今日《きょう》は一日《にち》まるもうけだぞ。まだ仕事《しごと》を始《はじ》めたばかりだっちゅうに、あとはみんなごん六《ろく》が切《き》ってくれるっちゅうわ。あのばか正直《しょうじき》といっしょに働《はたら》いておると、たいていのことはあれがやってくれるで、こっちは大《おお》きに

楽《らく》なこった。あっはっは」

そう言《い》ってそうべえが笑《わら》っておると、その目《め》の前《まえ》へごん六《ろく》が、ぬまの底《そこ》からぽかっと浮《う》かんできて、あわてた声《こえ》で、

「そ、そうべえさ、み、見《み》てみれ、こ、これを」

と言《い》って、両方《りょうほう》の手《て》のひらにすくったものを見《み》せた。

そうべえは、それを見《み》るとびっくりぎょうてんした。それはうるしであって、それもとびきり上等《じょうとう》の上《じょう》うるしであった。うるしというもんは、立《た》っておるうるしの木《き》のはだにきずをつけておいて、そこから流《なが》れでるうるしを受《う》けて集《あつ》めるのがふつうだが、これはぬまのまわりに立《た》っておるたくさんのうるしの木《き》のはだから、長年《ながねん》のあいだに自然《しぜん》に流《なが》れだしたうるしが、少《すこ》しずつ少《すこ》しずつぬまのそこにたまって、今《いま》はいっぱいたまっておるのにちがいない。そしてこのような上《じょう》うるしが、ぬまのそこにいっぱいあるのを、一人《ひとり》で手《て》に入《い》れたもんなら、それはどのくらいもうかるもんだか、見当《けんとう》もつかんほどの大《おお》もうけである。

そうべえはあんまりびっくりして、いつまでも考《かんが》えこんでおったもんだから、

ごん六《ろく》が、

「おい、そうべえさ、こらァ上等《じょうとう》の上《じょう》うるしだろうが」

と言《い》うと、そうべえはいきなり大《おお》きな声《こえ》で、

「やい、ごん六《ろく》ッ」

とどなったから、こんどはごん六《ろく》がびっくりして、

「へっ」

「おめえ、このうるしのこたァ、だれにも告《つ》げちゃならんぞ」

「なんでや」

「なんでもええ。告《つ》げたらおめえ、どえらい目《め》にあわすぞ」

「へ、へい。い、言《い》わん。だれにも言《い》わん」

ごん六《ろく》がそう言《い》ったので、やっとそうべえは安心《あんしん》して、

「よし。さあ、そんならば早《はよ》う木《き》を切《き》らんか」

と言《い》うと、ごん六《ろく》は、

「あッ、のこぎりっ」

と大《おお》きな声《こえ》を出《だ》して、またブクブクブクブクともぐって行《い》った。

それを見《み》てそうべえは、また大笑《おおわら》いをして、

「このばかが、うるしにびっくらしてのこぎりを忘《わす》れてきよった。あっはっは」

と笑《わら》っておったが、ふいと笑《わら》うのをやめて、こう考《かんが》えた。

「ううん、こらァなんしろ、たいへんな大金《おおがね》もうけだが、ただごん六《ろく》のやつがじゃまもんだな。あいつさえおらなんだら、このぬまのそこの上《じょう》うるしは、みんなそっくり、おらひとりのもんになるわけだが。うん、こらァ、ごん六《ろく》が、二度《ど》とけっしてこのぬまへもぐらんようにしなければならん。ようし、これは、

うちにもどってよう思案《しあん》してみにゃならんぞ」

そう考《かんが》えたそうべえは、自分《じぶん》ののこぎりもほうりだしたまま、うでを組《く》んで何《なに》か考《かんが》えながら、すたすたと自分《じぶん》のうちへもどって行《い》ってしまった。

そのあとへごん六《ろく》が、ぬまの底《そこ》からぽっかりと浮《う》かんできて、

「おおい、そうべえさ、のこぎり、やっとあったぞうい。さあ、おらがおめえのぶんも、うんと切《き》ってやるぞうい。おおい、そうべえさ」

と、さかんにどなったけれども、もうそうべえはそこのあたりにおるわけがなかった。


さてそうべえは、うちへもどってよく考《かんが》えてから、こういうことを考《かんが》えだした。

あのぬまの底《そこ》に、何《なん》かおっかないもんを置《お》いておけば、ごん六《ろく》がうるしをとりにもぐって行《い》っても、それを見《み》てびっくりして、もう二度《ど》ともぐってこんようになるだろうと考《かんが》えた。

そこでそうべえは、さっそくそのばん、木《き》でもって、おっかない顔《かお》をしたでっかい竜《りゅう》を、さんざんに苦心《くしん》してこしらえた。

さてそうべえは、次《つぎ》の日《ひ》、その木《き》の竜《りゅう》をかついでぬまのところへもって行《い》って、大《おお》きな石《いし》をたくさんくくりつけて、ドブンとぬまのそこへしずめてしまった。

それから自分《じぶん》もドブンともぐってみると、なるほどぬまの底中《そこじゅう》、もくもくと見《み》わたすかぎりうるしがつもっておった。

そうべえは、このたくさんのうるしが、みんな自分《じぶん》のもんになるかと思《おも》うと、わくわくとうれしくなって、そのど真《ま》ん中《なか》に木《き》の竜《りゅう》をすえて、それの頭《あたま》をたたきながら、こう言《い》って聞《き》かせた。

「やい竜《りゅう》よ、おめえはこうやって水《みず》の中《なか》で見《み》ると、どうながめても本物《ほんもの》のようだぞ。こら、しっかりとここにがんばっておるだぞ。おらはあしたごん六《ろく》を連《つ》れてきてここへもぐらせるで、そうしたら、わあんと口《くち》を開《あ》いておっかない顔《かお》をしてみせて、二度《ど》とここへ来《こ》られんようにたまがらかして*やるだぞ。ええか、

＊大分県《おおいたけん》の方言《ほうげん》で、おどろかせること。

わかったな」

そう木《き》の竜《りゅう》に言《い》い聞《き》かせてから、そうべえはぬまから上《うえ》にあがって、うちへもどって、そのばんはねてしまった。


さてそうべえは、その次《つぎ》の日《ひ》、ごん六《ろく》を連《つ》れてぬまのところへ行《い》って、

「こらごん六《ろく》、もう一《いっ》ぺんもぐって行《い》って、あのうるしを取《と》ってきてみせれ」

といった。

ごん六《ろく》は、おとといあんまりたくさんのうるしをぬまの底《そこ》で見《み》たもんで、何《なん》だかわからんが心配《しんぱい》のあまり、きのうは仕事《しごと》も休《やす》んでうちにすわっておったほどびっくりしておったから、またぬまのそこへもぐるのはいやだったが、そうべえが、

「さあ早《はよ》う入《はい》れ。こら、入《はい》らんか。さあ、入《はい》れっちゅうに」

と、おしこむようにしたので、しかたなしにまたドブンともぐってしまった。

そうべえは大笑《おおわら》いをして、たばこをのみながらまっておった。

するとしばらくすると、ごん六《ろく》が、スッポン！　というような勢《いきお》いでぬまの中《なか》からとびあがってきて、

「だ、大蛇《だいじゃ》だあ。大蛇《だいじゃ》がおったあ。大蛇《だいじゃ》がぬまの底《そこ》にねとったあ。わあっ、おっかねえ」

とわめきながら、いちもくさんににげていった。

そうべえは、あんまり思《おも》ったとおりにごん六《ろく》がおっかながってにげだしたので、すっかりおかしくなって大笑《おおわら》いをして、

「こらこらごん六《ろく》よ、あらァ大蛇《だいじゃ》じゃねえぞ。大蛇《だいじゃ》よりおっかない竜《りゅう》だぞ」

と言《い》いながら、

「さて、そこでこんどはおらがもぐって行《い》って、持《も》てるだけのうるしを取《と》ってこう」

といって、ドブンとぬまの中《なか》へもぐって行《い》った。

するとしばらくすると、さっきにげていったごん六《ろく》は、こわごわのようにしてもどってきて、

「さあて、おらはさっき、あんまりおっかなくてにげだしたが、そうべえさを一人残《ひとりのこ》しといては気《き》のどくだ。あれ、そうべえさがおらんぞ。はて、何《なに》も知《し》らんと、一人《ひとり》でもぐったんではあるまいな。おおい、そうべえさ、どこへ行《い》ったあ」

とどなりながら、おそるおそるぬまの中《なか》をのぞきこんでおった。

するとしばらくすると、そうべえが、スッポン！　というような勢《いきお》いでぬまの中《なか》からとびあがってきたので、ごん六《ろく》は思《おも》わず、

「わっ」

といって木《き》のかげへころげこんだ。そうべえは、

「た、た、たいへんだあ。りゅ、

竜《りゅう》が生《い》きとったあ。き、木《き》の竜《りゅう》が、わあんと口《くち》を開《あ》けておらをにらんだあ。こ、こらどうしたこっちゃ。わあい」

とさわぎたてて、にげだそうにも、足《あし》がよくいうことをきかんようすであった。

そこでごん六《ろく》が、木《き》のかげからそうっと顔《かお》を出《だ》して、

「そうべえさよ、そうべえさよ」

とよぶと、そうべえは、

「やっ、ごん六《ろく》、た、たいへんだあ」

とまたさわぎたてた。

「そうべえさ、おったろが」

「おったあ。ふしぎだあ」

「ど、どうする。む、村中《むらじゅう》に知《し》らせるか」

「ふしぎだあ。あの竜《りゅう》が、おらをにらんで、わあんと口《くち》を」

とそうべえが言《い》ったもんで、二人《ふたり》はいっしょに、

「わあい」

とさけんで、両方《りょうほう》とも腰《こし》をぬかしてしまった。

やがてそうべえが、

「ふしぎだ。どう考《かんが》えても、おら、ふしぎだ」

と言《い》った。

するとごん六《ろく》が、

「この前《まえ》、おらがもぐったときにゃあ、たしかに何《なに》もぬまの底《そこ》におらなんだがなあ」

と言《い》った。

やがて、そうべえが、

「ごん六《ろく》よ」

と言《い》った。

「あらァなあ、じつは、あの竜《りゅう》はなあ、おらが作《つく》った、木《き》の竜《りゅう》だ」

と言《い》った。

ごん六《ろく》がびっくりして、

「なんだ、木《き》の竜《りゅう》」

と聞《き》きかえすと、そうべえは、

「そうだ。おめえは大蛇《だいじゃ》だと言《い》うたが、あれは木《き》の竜《りゅう》だ。おらな、じつはな、
あの木《き》の竜《りゅう》をぬまの底《そこ》にしずめておいてな」

と言《い》いかけたが、どうも本当《ほんとう》のことは言《い》いにくいもんだから、少《すこ》しごまかして、

「まあなんだ、おらとおめえと、二人《ふたり》だけであのうるしを取《と》ろうと思《おも》うてな、
あの竜《りゅう》を作《つく》って番人《ばんにん》にすえておいただ」

と言《い》った。

ごん六《ろく》はますますびっくりして、

「なあんだ、作《つく》りもんか、あらァ。なら初《はじ》めからそう言《い》えばいい」

するとそうべえは、いかにもおっかなそうな顔《かお》で、

「ところがよ、その、おらが作《つく》った木《き》の竜《りゅう》がよ、今《いま》おらがもぐって行《い》ったら、
おらをにらんでわあんと口《くち》を開《あ》いた」

「そんでもおめえ、木《き》でほった竜《りゅう》が動《うご》くわけはねえでねえか」

「だからおめえ、動《うご》くわけのねえもんが動《うご》いたからふしぎだわ。」

「でも、作《つく》りもんなら動《うご》きようがねえわ」

「そ、そら、そういうわけだが」

「なあんだ、そうかあ。なら、おらもう一《いっ》ぺんもぐって見《み》てくる」

と、ごん六《ろく》がいったもんだから、そうべえはびっくりして、

「よ、よせよ。食《く》われちまうに」

と言《い》うと、ごん六《ろく》は、

「作《つく》りもんときいたら、おら、おっかなくもなんとものうなった。どら、ちょっと見《み》てくるわ」

と気《き》がるに言《い》うと、ドブン、ブクブクブクブクと、もうもぐって行《い》ってしまった。

　そうべえは、あとにのこって、ごん六《ろく》が食《く》われはせんかと心配《しんぱい》になるやら、あの竜《りゅう》は、おらがうるしをひとりじめしようと欲《よく》を出《だ》したので、きっと神様《かみさま》が怒《おこ》って木《き》の竜《りゅう》に魂《たましい》を入《い》れたにちがいないと思《おも》うやら、けんどもあのうるしはや

っぱりおしいなあという気《き》がするやら、いても立《た》ってもおられん心《こころ》もちで、ふちのところをうろうろしておった。

するとしばらくすると、水《みず》の中《なか》からごん六《ろく》が顔《かお》を出《だ》して、

「おいそうべえさよ、やっぱり木《き》でほった竜《りゅう》だった。おめえ、ちょっと見《み》にこんか」

と言《い》った。

そうべえは、

「いや、たしかにおらをにらんで、ああんと口《くち》を開《あ》いた」

とがんばったが、ごん六《ろく》は、

「いや、突《つ》いてもたたいても動《うご》きはせん。だいじょうぶだに、ちょっと見《み》にこい。さあ早《はよ》う入《はい》れ。こら、入《はい》らんか。さあ、入《はい》れっちゅうに、そうべえさよう」

と、そうべえをひっぱったもんで、そうべえは、

「ちょっと待《ま》て。入《はい》るでよ。おら、入《はい》るっちゅうに。わあっ」

と、とうとうドブンとぬまの中《なか》へひきずりこまれて、ごん六《ろく》といっしょに、ブ

クブクブクブクとしずんで行《い》ってしまった。

さてそうべえは、ごん六《ろく》にひっぱられてぬまの底《そこ》へ来《き》てみると、一面《いちめん》もくもくとつもっておるうるしの上《うえ》に、やっぱりちゃんとあの竜《りゅう》はおって、それがわあんと口《くち》を開《あ》いたと思《おも》ったので、

「わあっ、やっぱり口《くち》を開《あ》いたあ」

と、ごん六《ろく》にすがりついた。

けれどもごん六《ろく》は落《お》ち着《つ》きはらって、

「それは、水《みず》のかげんでゆらゆらと見《み》えるだよ。ほれ、まちがいなしの木《き》の竜《りゅう》だ」

と、竜《りゅう》のあたまをモクモクとたたいてみせたので、そうべえもやっと遠《とお》くから、

「そうかあ」

と安心《あんしん》しながら近《ちか》よりかけたが、また、

「わっ、おらをにらんだあ」

と、にげかけた。

そこでごん六《ろく》が、くりかえしくりかえし、これはおまえが作《つく》った作《つく》りもんの木《き》の竜《りゅう》で、何《なん》の心配《しんぱい》もいらんということを言《い》って聞《き》かせてやったので、そうべえもやっと安心《あんしん》して、さて考《かんが》えてみるに、それはたしかに水《みず》のかげんでゆらゆらゆれて見《み》えるにはちがいないが、それを竜《りゅう》が生《い》きたと思《おも》いこんだのは、どうもおらが、一人《ひとり》でこんだけのうるしをひとりじめにしようなんぞと欲心《よくしん》をだしたので、こちらの気《き》のせいで、つい木《き》の竜《りゅう》が生《い》きた竜《りゅう》にも見《み》えたりなんぞしたのだろうということに、そうべえはやっと気《き》がついた。

それで、やっぱりこれは、こんだけたくさんのうるしは、おらがひとりじめにしたりせんで、ごん六《ろく》と二人《ふたり》で分《わ》けることにしたほうがよかろうと思《おも》って、

「どうだごん六《ろく》、このうるしを、おめえ、おらと二人《ふたり》で山分《やまわ》けにせんか」

というと、ごん六《ろく》は、

「おら、こんなにたくさん、いらんわ」

といった。そして、

「それより、村《むら》のもんをみんな連《つ》れてきて、これを見《み》せてやろう」

といいだしたので、そうべえはあわてて、

「まてまて。なあごん六《ろく》よ、そんな村《むら》のもんをみんな連《つ》れてきたりせんでも」

と言《い》いかけると、ごん六《ろく》は、

「おめえがほしけりゃ、一人《ひとり》で取《と》るさ。なら、おら帰《かえ》るでよ」

と言《い》って、すっと上《うえ》へ行《い》きかけたからそうべえはびっくりして、

「ま、ま、待《ま》ってくれ。おら一人《ひとり》のこされたら、おっかないでよ」

と言《い》って、それからだいぶ考《かんが》えて、

「うん、よし。なら、村《むら》のもんをつれてきて見《み》せてやろう」

と言《い》った。

ごん六《ろく》も大《おお》よろこびで、すぐぬまからあがって、さっそく村中《むらじゅう》のみんなをここへよび集《あつ》めることにした。

ただ木《き》の竜《りゅう》は、しばらくこのままぬまの底《そこ》に置《お》いておいて、もぐってきた村《むら》のみんなをたまがらかしてやろうということになった。

ごん六《ろく》とそうべえの二人《ふたり》だけであんなにびっくりおったまげて、あとのもんをたまがらかさないで置《お》いておくのは、この竜《りゅう》があんまりよくできておるだけに、どうももったいねえようだということを、そうべえとごん六《ろく》の二人《ふたり》が、そろって考《かんが》えたからであった。

さてそれから、そうべえとごん六《ろく》は、ぬまの底《そこ》の上《じょう》うるしのことを二人《ふたり》で村《むら》中《じゅう》にふれてまわった。

そうして次《つぎ》の日《ひ》、二人《ふたり》はまたあのぬまのふちで、ズイコズイコとのこぎりをひいておった。

そうするうちにそうべえは手《て》をやめて、

「おいごん六《ろく》、おらののこぎりはえろうよう切《き》れるぞ」

と言《い》った。ごん六《ろく》は、

「やっとよんべ目立《めたて》をしたでな。もっと早《はよ》うしてやればよかったが、なんしろ、うるしのさわぎで」

と言《い》った。そうべえは、

「いや、おたがい、うるしのさわぎで、いくんちも仕事《しごと》をせなんだな。しかしこれはよう切《き》れる」

と言《い》いながら、しばらくズイコズイコとひいておったが、やがてまた手《て》をとめて、

「ごん六《ろく》よ、みんな言《い》うてしまうがな、おらが、おめえと二人《ふたり》でうるしを取《と》ろうと思《おも》うとったたちゅうたのは、あらァうそだ」

と言《い》った。ごん六《ろく》は、

「そうか」

と言《い》って、ズイコズイコとのこぎりをひいておった。そうべえは、

「じつは、おら、あのうるしをひとりじめにしようと思《おも》う

て、あの木《き》の竜《りゅう》はおめえをおどかすために作《つく》っただぞ」

「そうか。おら、あれほどおったまげたことはなかったぞ」

「いや、すまんすまん」

そこで二人《ふたり》は声《こえ》をそろえて、

「あっはっは」

と笑《わら》ったら、ちょうどその時《とき》、下《した》のほうから、村《むら》のもんがみんなで連《つ》れだって山《やま》をのぼってきた。

そこでそうべえとごん六《ろく》は、ぬまのふちの木《き》にのぼって、ぬまの上《うえ》につき出《で》た太《ふと》い枝《えだ》にまたがってながめながら、

「やあ、来《き》よる来《き》よる。みんなぬまの底《そこ》にもぐって行《い》って、一《いっ》ぺんずつ木《き》の竜《りゅう》におどかされることも知《し》らんでのぼってきよるぞ」

「はあ、やっぱりちっと、気《き》のどくだのう」

「何《なに》がおめえ、あれだけの上《じょう》うるしがみなのもんになるわけだ。ちっとおったまげるぐらいのことは」

「そうだそうだ。やあい、みなのしゅう、早《はよ》う来《こ》ねえかやあい。」

「やあい、早《はよ》う来《こ》い早《はよ》う来《こ》い」

と、木《き》の枝《えだ》の上《うえ》で大《おお》きなのこぎりをふりまわしてさわぎたてたひょうしに、そうべえとごん六《ろく》は、なかよくドブンとぬまの中《なか》へおっこちて、ブクブクブクブクと、みんなより先《さき》にもぐってしまった。

それから村《むら》のみんなもぬまの底《そこ》にもぐって、みんなで取《と》っても取《と》りきれんほどの上《じょう》うるしを次《つぎ》から次《つぎ》からすくいあげて、村中《むらじゅう》、たいへんゆたかなくらしになったそうな。

せかいいちうつくしいぼくの村《むら》

［作］小林《こばやし》 豊《ゆたか》
［絵］小林《こばやし》 豊《ゆたか》

すもも、さくら、なし、ピスタチオ。

春《はる》。

パグマンの村《むら》は、花《はな》でいっぱいになります。

夏《なつ》。

風《かぜ》にゆれる木《き》の実《み》の音《おと》を聞《き》きながら、毎年村《まいとしむら》の人《ひと》たちは家族《かぞく》みんなで、太《ふと》ったあんずや、すももや、さくらんぼをもぎとります。

取《と》りいれは一年中《いちねんじゅう》でいちばん楽《たの》しいとき。

「♪すももなったか、なしなったか。真《ま》っ赤《か》な頭《あたま》さくらんぼ。取《と》ったか食《た》べたか、食《た》べずに死《し》んだか――」

小《ちい》さい男《おとこ》の子《こ》のヤモも、兄《にい》さんのハルーンときょうそうでかごいっぱいのすももを取《と》ります。

村中《むらじゅう》があまいかおりに包《つつ》まれます。

——でも、今年《ことし》の夏《なつ》、兄《にい》さんはいません。

ヤモの国《くに》では戦争《せんそう》が続《つづ》いています。

兄《にい》さんも兵隊《へいたい》になって、戦《たたか》いにいったのです。

今日《きょう》、ヤモははじめてロバのポンパーと、町《まち》へ果物《くだもの》を売《う》りにいくことになりました。兄《にい》さんの代《か》わりに、父《とう》さんの手伝《てつだ》いをするのです。

「母《かあ》さん、いってきます」

ヤモは父《とう》さんと朝早《あさはや》く出《で》かけます。

あまいすももと真《ま》っ赤《か》なさくらんぼが、ポンパーのせなかで重《おも》そうにゆれています。

「おーい、ヤモ。お出《で》かけかい」

村《むら》の人《ひと》たちが声《こえ》をかけます。

「うん。父《とう》さんといっしょだよ」

「そうかい、そうかい。たくさん売《う》れるといいね」

「さくらんぼはいかが！　小《ちい》さなあまい太陽《たいよう》、パグマンのさくらんぼ！」

ヤモは道々《みちみち》父《とう》さんに教《おそ》わったもんくをくりかえします。

街道《かいどう》は日《ひ》がのぼって、急《きゅう》に暑《あつ》くなってきました。

町《まち》へ向《む》かうバスやトラックがヤモたちを追《お》いこしていきます。

町《まち》に着《つ》きました。

羊《ひつじ》の市《いち》も立《た》って、にぎやかな声《こえ》があっちからもこっちからも聞《き》こえてきます。

いり豆売《まめう》りのおじさんが大声《おおごえ》をはりあげています。

シシカバブ（やきにく）やパンの焼《や》けるにおい。

じゅうたんや本《ほん》のにおい。

町《まち》のにぎわいにヤモはむねがドキドキします。人《ひと》のいきかう大《おお》きな広場《ひろば》で、いよいよ店開《みせびら》きです。

「父《とう》さんはこの広場《ひろば》ですももを売《う》るから、ヤモは、町《まち》のなかを回《まわ》ってさくらんぼを売《う》ってごらん」

「ぼく一人《ひとり》で？」

「ポンパーがついているさ。ポンパーは町中《まちじゅう》知《し》らないところはないいんだから」

しかたなくヤモは、ポンパーに引《ひ》っぱられるようにして歩《ある》きだしました。

ポンパーに連《つ》れられて、ヤモはまず屋根付《やねつ》きバザールに行《い》きました。

色《いろ》とりどりの小《ちい》さな店《みせ》がところせましとならんでいます。

買《か》い物《もの》をする人《ひと》。お茶《ちゃ》を飲《の》む人《ひと》。

「こんなところで売《う》れるかな？」

ヤモは心配《しんぱい》になりました。

勇気《ゆうき》を出《だ》してよんでみました。

「えー、さくらんぼ」だれもふりむいてくれません。

もっと大《おお》きな声《こえ》で言《い》わなくちゃ。

「さくらんぼー、パグマンのさくらんぼ！」

果物屋《くだものや》の前《まえ》を通《とお》るときは小《ちい》さな声《こえ》で、

「……さくらんぼ」

りんりん、シャンシャン。

「じゃまだじゃまだ！　あぶないぞ！」

馬車《ばしゃ》タクシーが、すずをならして通《とお》りすぎます。

町《まち》はいそがしくて目《め》が回《まわ》ります。

さくらんぼはちっとも売《う》れません。

ヤモはがっかりして、道《みち》ばたにすわりこみました。

すると、

「パグマンのさくらんぼちょうだい！」

小《ちい》さな女《おんな》の子《こ》の声《こえ》がしました。

それからヤモのさくらんぼは、飛《と》ぶように売《う》れはじめました。

「ぼうや、わたしにもおくれ。昔《むかし》、パグマンの近《ちか》くで果物《くだもの》を作《つく》ってたんだ。なつかしいな」

「おじさんは戦争《せんそう》に行《い》ってたの？」

「ああ、そうだよ。おかげで足《あし》をなくしてしまってね」

ヤモはドキッとしました。

ハルーン兄《にい》さんの顔《かお》が思《おも》いうかびました。

おじさんはすぐにさくらんぼを口《くち》に入《い》れました。

「うーむ、あまくて、ちょっとすっぱくて、やっぱりおいしいなあ！　パグマンのさくらんぼは世界一《せかいいち》だ」

「父《とう》さん！　みんな売《う》れちゃった！」

まだ半分以上《はんぶんいじょう》売れ残《のこ》ったすももをまえに、父《とう》さんがにこにこ笑《わら》っています。

「そうか！　それじゃ一休《ひとやす》みして、ご飯《はん》を食《た》べにいこうか」

父《とう》さんはとなりのおじさんに店番《みせばん》をたのみました。

おいしいにおいのするチャイハナ（食堂《しょくどう》）で、ヤモは父《とう》さんとおそい昼《ひる》ご飯《はん》を食《た》べます。

食《た》べながらヤモは、町《まち》であったことを話《はな》します。

「戦争《せんそう》で足《あし》をなくしたおじさんも買《か》ってくれたんだよ。パグマンのさくらんぼは、世界一《せかいいち》だって」

ヤモは、ひとにぎりのさくらんぼを取《と》り出《だ》しました。

「これ、父《とう》さんと食《た》べようと思《おも》ってとっといたんだ」

「よく売《う》れたようですな？」

となりにすわったおじさんが声《こえ》をかけてきました。

「いやあ、このヤモのおかげですよ。なにしろうえのむすこが戦争《せんそう》に行《い》っていましてね」

「それは心配《しんぱい》ですな。南《みなみ》のほうの戦《たたか》いは、かなりひどいというし」

「来年《らいねん》の春《はる》には帰《かえ》ると言《い》ってたんですがね」

ヤモはあまいお茶《ちゃ》を飲《の》みながら、父《とう》さんたちの話《はなし》を聞《き》いています。ハルーン兄《にい》さんならだいじょうぶ、きっと春《はる》には元気《げんき》に帰《かえ》ってくると、ヤモは思《おも》っています。でも……。

「ヤモ、あとでびっくりすることがあるよ」

そんなヤモに、父《とう》さんがそっと言《い》いました。

「え!? なになに。教《おし》えて?」

「さあ、そのまえにもう一仕事《ひとしごと》。残《のこ》りのすももを売《う》ってしまおう」

ヤモは最後《さいご》に残《のこ》ったさくらんぼを大切《たいせつ》に食《た》べると、おじさんにさよならを言《い》ってチャイハナを出《で》ました。

「すもも! すもも! パグマンのすももだよ」広場《ひろば》のモスクからおいのりの声《こえ》が流《なが》れてきます。町《まち》は、しずかで落《お》ち着《つ》いた色《いろ》に包《つつ》まれました。

ヤモはすももを売《う》りながら、ずっと父《とう》さんの言《い》ったことを考《かんが》えていました。

「びっくりすることっていったい何《なん》だろう?」

すもももぜんぶ売《う》れました。

「さて、それじゃあびっくりするとこに行《い》くとするか」

父《とう》さんはまっすぐ広場《ひろば》を横切《よこぎ》っていきます。

ヤモはとてもじっとしてなんていられません。

父《とう》さんのかたのうえで大《おお》きな声《こえ》で歌《うた》います。

「♪なんだ、なんだ？　びっくりすることってなーんだ？」

そこは羊《ひつじ》の市場《いちば》でした。父《とう》さんは、もうけたお金《かね》を全部《ぜんぶ》使《つか》って、子羊《こひつじ》を一頭買《とうか》ったのです。

そう、それは真《ま》っ白《しろ》な子羊《こひつじ》でした。

ヤモのうちのはじめての羊《ひつじ》。

こんなきれいな羊《ひつじ》は、村《むら》のだれのところにだっていません。

「さあポンパー、家《いえ》へ帰《かえ》ろう。羊《ひつじ》を見《み》

たら、きっとみんなおどろくよ」

やっと村《むら》に着《つ》きました。なつかしいにおいがします。たった一日《にち》いなかっただけなのに、とても長《なが》い旅《たび》から帰《かえ》ったような気《き》がします。

「みんながうちの羊《ひつじ》を見《み》ているぞ」

ヤモはむねをはって、村《むら》の道《みち》を家《いえ》に向《む》かいました。

ヤモは父《とう》さんにたのんで、白《しろ》い子羊《こひつじ》に自分《じぶん》で、「バハール」と名付《なづ》けました。「春《はる》」という意味《いみ》の名前《なまえ》です。

「ハルーン兄《にい》さん、早《はや》く帰《かえ》っておいでよ。うちの家族《かぞく》がふえたんだよ」

春《はる》はまだまだ一年《ねん》近《ちか》くも先《さき》です。

この年《とし》の冬《ふゆ》、村《むら》は戦争《せんそう》ではかいされ、今《いま》はもうありません。

小《ちい》さな山《やま》神《がみ》スズナ姫《ひめ》

［作］富安陽子《とみやすようこ》
［絵］小林《こばやし》ラン

1　スズナ姫《ひめ》

ふかい山《やま》やまがひだをよせあう喜仙山脈《きせんさんみゃく》の中《なか》に、ひときわ高《たか》くそびえる山《やま》がありますす。

その山《やま》の名《な》は喜仙峰《きせんみね》といって、きりたった岩《いわ》はだのいただきは、いつも、ふしぎな黄金色《きんいろ》の雲《くも》におおわれていました。

この喜仙峰《きせんみね》こそ、四方《しほう》の山《やま》やまをおさめる偉大《いだい》な山神《やまがみ》、喜仙大巌尊《きせんおおいわおのみこと》のすみかで、いただきをおおう雲《くも》の御殿《ごてん》の中《なか》では、喜仙大巌尊《きせんおおいわおのみこと》とそのひとりむすめのスズナ姫《ひめ》が、しずかにくらしておりました。

その日《ひ》も、大巌尊《おおいわおのみこと》は、じぶんのおさめる山《やま》やまのようすをみまわるために、ひとり、雲《くも》にのっておでかけになりました。

黒《くろ》いゆたかなヒゲを胸《むね》までたらした大巌尊《おおいわおのみこと》は、〈天速雲《あまのはやくも》〉とよばれるじまんの雲《くも》にのり、スズナ姫《ひめ》にむかって、やさしくわらいかけながらいいました。

「スズナや、お父《とう》さんは山《やま》やまをみまわってくるからな。おまえは、まだ小《ちい》さいのだから、ひとりで外《そと》にでたりしてはいけないよ。いい子《こ》で、るす番《ばん》をしていなさい。」

スズナ姫《ひめ》は、まっ黒《くろ》なおかっぱ髪《がみ》をゆらして、小《ちい》さくうなずきました。

「はい、お父《とう》さん。」

大巌尊《おおいわおのみこと》はむすめのへんじをきくと、いかにもまんぞくしたようにうなずき、それから雲《くも》の御《ご》

殿《てん》に、いつものように封印《ふういん》をしました。

これは、山神《やまがみ》さまのるすちゅう、いたずらものの山《やま》の妖怪《ようかい》や、高《たか》い空《そら》をとぶ鳥《とり》たちが、うっかり、喜仙峰《きせんみね》の雲《くも》の中《なか》にはいりこみそうになったときの用心《ようじん》のためなのです。大巌尊《おおいわおのみこと》が封印《ふういん》の呪文《じゅもん》をとなえると、黄金《きん》の雲《くも》はたちまち、いかずちをはらみ、ちかづくものがいれば、いなずまをおとして、おいはらうのでした。

とざされた雲《くも》の御殿《ごてん》を大巌尊《おおいわおのみこと》がでていってしまうと、とたんにスズナ姫《ひめ》は、おぎょうぎよくそろえていた足《あし》をなげだして、大《おお》きなため息《いき》をつきました。

「まい日《にち》、まい日《にち》、るす番《ばん》。こんなもかもかした雲《くも》の中《なか》に、ひとりぼっちでとじこめられて、あたしって、なんてかわいそうなのかしら。」

もちろん、ときには、大巌尊《おおいわおのみこと》もスズナ姫《ひめ》を散歩《さんぽ》につれていってくれました。

お父《とう》さんとならんで、天速雲《あまのはやくも》にのり、はるかな大気《たいき》の底《そこ》にひろがる山《やま》やまの上《うえ》をとぶのは、すばらしい気分《きぶん》です。

緑《みどり》のこずえは風《かぜ》にゆれ、まぶしい太陽《たいよう》の光《ひかり》は、ふかい谷《たに》の底《そこ》をながれる瀬《せ》の水《みず》を、銀色《ぎんいろ》にかがやかせます。しげった木立《こだち》の葉《は》のかげに巣《す》をつくる鳥《とり》たちが、ひなのためにえさをさがしてとびまわるのがみえます。谷川《たにがわ》に水《みず》をのみにおりていく動物《どうぶつ》たち。ビロードのような羽《はね》をひらめかせてとぶチョウや、トンボや、小《ちい》さな虫《むし》たちのすがたもみえます。

なにせ、山神《やまがみ》さまというものは、どんなに高《たか》い空《そら》の上《うえ》からでも、山《やま》やまのようすを、ひと目《め》でみてとれるものなのです。山神《やまがみ》さまのむすめのスズナ姫《ひめ》だって、雲《くも》の上《うえ》で、ちょっと目《め》をこらせば、コガネグモの巣《す》にかかる雨《あめ》のしずくや、アリたちの触角《しょっかく》のうごきまでが、手《て》にとるようにわかりました。

あるとき、大巌尊《おおいわおのみこと》は天速雲《あまのはやくも》の上《うえ》から、山《やま》なみの南《みなみ》のはずれを指《ゆび》さしていいました。

「ごらん、あの小《ちい》さな山《やま》を。あれが、スズナ山《やま》だ。おまえの名《な》まえは、あの山《やま》からとったのだよ。どうだね？　小《ちい》さいが、やさしくてうつくしい、いい山《やま》だろう？」

そのとき、スズナ姫《ひめ》はもう、息《いき》をつめたまま、その南《みなみ》の山《やま》から目《め》がはなせなくなっていました。

杉《すぎ》や松《まつ》におおわれた、いかめしい山《やま》やまのはずれに、しっとりと雑木林《ぞうきばやし》につつまれた、まあるい山《やま》がありました。

スズナ山《やま》のいただきは、木立《こだち》がとぎれて、風草《かぜくさ》の原《はら》っぱがひかり、まるで、山《やま》が金《きん》の王冠《おうかん》をかぶっているようです。

王冠《おうかん》のいただきには、大《おお》きなクスノキが枝《えだ》をひろげて、やさしい木《こ》かげをつくっています。

スズナ姫《ひめ》は、ひと目《め》みただけで、その山《やま》が大《だい》すきになりました。

そしてその日《ひ》から、スズナ姫《ひめ》は、いつかじぶんがスズナ山《やま》をおさめる山神《やまがみ》にな

ることを夢《ゆめ》みるようになったのです。

「あたしだって、もう、あと三日《みっか》で三百歳《さい》になるんだもの。小《ちい》さな山《やま》なら、ちゃんとひとりでりっぱにおさめていけるわよ。なのに、お父《とう》さんときたら、いつだって、あたしを〈小《ちい》さなスズナ〉なんてよぶんだから、いやんなっちゃう。」

（三百歳《さい》なのに、小《ちい》さいだなんて、おかしいと思《おも》うかもしれませんが、神《かみ》さまの年齢《ねんれい》というのは、だいたい、五十年《ねん》が、人間《にんげん》の一歳《さい》といったところなのです。）

　スズナ姫《ひめ》は、雲《くも》のきれまの窓《まど》にあゆみよって、そこから外《そと》をながめました。山《やま》やまのあいだをかけめぐる風《かぜ》は、もうつめたく、すんでいます。雲《くも》の外《そと》の世《せ》界《かい》では、ゆっくり秋《あき》がふかまっているのでしょう。

　外《そと》の世界《せかい》から、さそうようにふいてくる風《かぜ》を胸《むね》にすいこむうちに、スズナ姫《ひめ》は、もうがまんできないほど、ひろい空《そら》にとびだしたくなってきました。

「鳥《とり》だって、けものだって、あののんびりした人間《にんげん》たちでさえ、大《おお》きくなればいつかは巣《す》をでていくのに、あたしだけが、いつまでもこんな雲《くも》の中《なか》で、がまんしてなきゃいけない理由《りゆう》はないわ。お父《とう》さんが、あたしをチビすけだっていうんなら、そうじゃないってことを、わからせればいいのよ。あたしが、どれだけ、すばしこいか。どれだけ、かしこいか。どれだけ、山《やま》や生《い》き物《もの》たちのことを知《し》っているか。そして、どれだけ呪文《じゅもん》がつかえるか。」

スズナ姫《ひめ》は、おもわずにやりとわらいました。

きっと、お父《とう》さんは、スズナ姫《ひめ》が呪文《じゅもん》をつかえるなんて、思《おも》ってもいないでしょう。スズナ姫《ひめ》が「おしえて。」というたびに、大巌尊《おおいわおのみこと》は、「おまえに、呪文《じゅもん》の勉強《べんきょう》はまだはやい。」というだけでした。でも、スズナ姫《ひめ》はもう、ちゃあんと呪文《じゅもん》を知《し》っていました。お父《とう》さんのつかう呪文《じゅもん》をひとつひとつおぼえて、こっそり練習《れんしゅう》して。もちろん、むずかしすぎてまだつかえない呪文《じゅもん》もたくさんあります。でも、そんなのは、山神《やまがみ》になって、ひとりだちしてから練習《れんしゅう》すればいいのです。

とにかくいまはまず、これまでの成果《せいか》をお父《とう》さんにみせること。そして、お父《とう》さんに、一人前《いちにんまえ》の山神《やまがみ》としてみとめてもらうことがたいせつです。そう心《こころ》にきめると、スズナ姫《ひめ》はほんとうにうれしくなってしまいました。

かがやく空《そら》も、すきとおった風《かぜ》も、目《め》の下《した》につらなる山《やま》やまも、いまはなにもかもが、すぐ手《て》のとどくところにある気《き》がします。

「あたしは、もうじき三百歳《さい》。そしたら、りっぱにひとりだち。山神《やまがみ》さまになるんだぞ。」

スズナ姫《ひめ》は、うたうようにそうつぶやくと、雲《くも》の御殿《ごてん》の中《なか》をスキップしてまわったのでした。

2　大巌尊《おおいわおのみこと》

山神《やまがみ》さまは、その日《ひ》もゆっくりと天速雲《あまのはやくも》を走《はし》らせて、喜仙山脈《きせんさんみゃく》をみまわりました。

すんだ風《かぜ》の中《なか》で、山《やま》やまの秋《あき》は、ふかまっています。

「もう、そろそろ、木《こ》の葉《は》をそめかえねばならんな。」

山神《やまがみ》さまは、胸《むね》にたれたごじまんの黒《くろ》ヒゲをひっぱりながら、ひとりごとをいいました。

林《はやし》の木立《こだち》の枝先《えださき》では、もう木《き》の実《み》が大《おお》きくふくらんでいます。木《き》ぎの根《ね》は、ちからづよく地中《ちちゅう》の水《みず》をすいあげ、あちらこちらの草《くさ》むらの中《なか》からは、動物《どうぶつ》たちのおしゃべりや、虫《むし》たちのかろやかな羽音《はおと》がきこえてきました。

夏《なつ》がすぎ、いま、山《やま》やまがゆたかな実《みの》りの季節《きせつ》をむかえようとしているのをみて、山神《やまがみ》さまはまんぞくでした。

小《ちい》さな雨《あめ》をひとつふたつふらせて、お日《ひ》さまが西《にし》の空《そら》を赤金色《あかがねいろ》にそめるころ、大巌尊《おおいわおのみこと》は喜仙峰《きせんみね》にかえりつきました。

天速雲《あまのはやくも》は大巌尊《おおいわおのみこと》を、雲《くも》にかくれた山《やま》のいただきにおろすと、ゆっくり喜仙峰《きせんみね》の北《きた》の谷《たに》へかえっていきます。

黄金《きん》の雲《くも》にかけていた封印《ふういん》をとき、大巌尊《おおいわおのみこと》は、やれやれ、と御殿《ごてん》の中《なか》にはいっていきました。

その夜《よる》、大巌尊《おおいわおのみこと》とスズナ姫《ひめ》は、御殿《ごてん》の中《なか》の〈月《つき》の桂《かつら》のテーブル〉で、霧《きり》のジュースと雲《くも》のパンをたべていました。

〈月《つき》の桂《かつら》のテーブル〉というのは、月《つき》の世界《せかい》にはえる桂《かつら》の木《き》からつくったテーブルで、このテーブルの上《うえ》においた花《はな》は、かれることがなく、このテーブルの上《うえ》においた食《た》べ物《もの》は、くさることがありません。

霧《きり》のジュースというのは、山《やま》ナシの木《き》のこずえにかかる霧《きり》をあつめたジュースで、ほのかにナシのかおりがする、スズナ姫《ひめ》の大好物《だいこうぶつ》です。

雲《くも》のパンというのは、朝《あさ》いちばんさいしょに谷底《たにぞこ》からわきだした雲《くも》をあつめてねあわせ、それを夕方《ゆうがた》、西《にし》の山《やま》の端《は》にしずむお日《ひ》さまの光《ひかり》でこんがりやいたパンなのです。

神《かみ》さまというものは、食事《しょくじ》をしなくても、おなかがへるなどということがありませんから、夕《ゆう》はんといってもささやかなものです。)

夕《ゆう》はんのあいだから、大巌尊《おおいわおのみこと》は、スズナ姫《ひめ》がなんだかそわそわしているのに気《き》づいていました。

大巌尊《おおいわおのみこと》はちょっと心配《しんぱい》になって、

『おやおや、この子《こ》は、なにか心配《しんぱい》ごとでもあるんだろうか。』

と思《おも》いましたが、じき、あることを思《おも》いつ

きました。

『ははん。これは、きっと、三百歳《さい》の誕生日《たんじょうび》のプレゼントのことだな。なにかほしいものがあって、この子《こ》は、そわそわしているんだ。』

なんでもみとおせる山神《やまがみ》さまが、むすめの心《こころ》の中《なか》をみすかせないというのは、まったくふしぎなことです。でも、とにかく、かってにそう思《おも》いこんだ大巌尊《おおいわおのみこと》は、食事《しょくじ》がおわると、にっこりして、きまえよくむすめに話《はな》しかけました。

「スズナや。あと三日《みっか》でおまえの三百歳《さい》の誕生日《たんじょうび》だったな。さて、なにかほしいプレゼントがあるんじゃないかい？　えんりょせずに、いってごらん。新月《しんげつ》の光《ひかり》の糸《いと》で織《お》りあげた、風《かぜ》よりもかるい服《ふく》がいいかな？　それとも、太陽《たいよう》の黄《こ》金《がね》をとかして、おまえの頭《あたま》にかざるかんむりをつくろうか。なんでもいいぞ。さあ、いってごらん。」

スズナ姫《ひめ》は、いっしゅんぽかんとして、自信《じしん》にみちたお父《とう》さんの顔《かお》をみあげましたが、やがて決心《けっしん》して、大《おお》きく息《いき》をすいこみました。

「あたし、ひとつだけ、ほしいものがあるの。」

「ほうほう。」

大巌尊《おおいわおのみこと》は心《こころ》の中《なか》で、

『ほら、やっぱり、プレゼントのことだった。』

とうなずいていました。だから、つぎのことばをきいたとき、この偉大《いだい》な山神《やまがみ》さまは、びっくりして、いすからころげおちそうになったのです。

「お父《とう》さん、スズナ山《やま》をあたしにちょうだい。」

ぼうぜんとしている大巌尊《おおいわおのみこと》をみつめたまま、スズナ姫《ひめ》はいっきに、ことばをつづけました。

「あたしは、もう三百歳《さい》になるのよ。もう

ひとりだちして、小《ちい》さな山《やま》のひとつぐらい、おさめていってもいい年《とし》でしょう？　あたしは、スズナ山《やま》の山神《やまがみ》になりたいの。あの小《ちい》さなきれいな山《やま》を、あたしの力《ちから》でおさめてみようと思《おも》うのよ。」

スズナ姫《ひめ》は、お父《とう》さんの顔《かお》がだんだん赤《あか》くなっていくのをみて、きっと大巌尊《おおいわおのみこと》が、ものすごくおこりだすにちがいないと思《おも》いました。

ところが、それはぜんぜん反対《はんたい》でした。とつぜん、大巌尊《おおいわおのみこと》は、大《おお》きなおなかをゆすってわらいだしたのです。

「スズナや。まったく、なにをいいだすんだね。山《やま》をゆずれだなんて。」

大巌尊《おおいわおのみこと》は、わらいながらいいました。

「ほんとうに、おまえはなにもわかっておらんな。いいかね、山《やま》をゆずりうける、ということは、それがどんなに小《ちい》さな山《やま》であっても、おもちゃをもらうのとは、わけがちがうんだよ。

山《やま》をおさめるということは、その山《やま》に生《い》きるすべての生《い》き物《もの》の命《いのち》をつかさどるということなんだよ。木《き》や草《くさ》や虫《むし》やけものの命《いのち》をみまもり、めぐる月《つき》と太陽《たいよう》と、水《みず》のあゆみをみつめ、そのすべてがくるいなく、まわりつづけるように心《こころ》をくばらなくてはならん。そんなことが、まだたった三百歳《さい》のおまえにできるものか。まだはやい。そうさな、あと、五、六百年《ねん》もすれば、おまえもきっとりっぱな山神《やまがみ》になれるだろう。」

スズナ姫《ひめ》の中《なか》で、火《ひ》の玉《たま》のようないかりがふくらんでいきました。

「この……。」

スズナ姫《ひめ》は、ぶるぶるぶるとふるえながらいいました。火《ひ》の玉《たま》が、バンとはじけます。

「この、わからずやのヒゲおやじ！」

こんどこそ、山神《やまがみ》さまの目《め》がまんまるになりました。

「〈ヒゲおやじ〉っていったのよ。」

スズナ姫《ひめ》は、きっぱりといいました。

「三百年《ねん》もがまんしてきたのに、あと五、六百年《ねん》もあたしを雲《くも》の中《なか》にとじこめとくっていうの？　まい日《にち》まい日《にち》、この雲《くも》の中《なか》でるす番《ばん》ばっかり。小《ちい》さなネズミだって、地面《じめん》を自由《じゆう》に走《はし》りまわってるっていうのに、山神《やまがみ》のむすめのあたしは、どうしてひとりで外《そと》にもでられないの？」

「それは、おまえが、まだ小《ちい》さくて、なにもできないからさ。」

「小《ちい》さくない！」

スズナ姫《ひめ》は、かんしゃくをおこし、おかっぱ頭《あたま》をぶんぶんふりました。

「なんでもできるわ。雲《くも》だってよべる。雨降《あめふ》らしの呪文《じゅもん》も知《し》ってる。いかずちもおとせるし、風《かぜ》もおこせるわ。」

「そりゃ、ほんとうかい？」

大巌尊《おおいわおのみこと》は、むすめのあまりのけんまくにびっくりして、ちからなくたずねました。

「ほんとうよ。お父《とう》さんはなにもおしえてくれなかったけど、あたしは、いっつもお父《とう》さんの呪文《じゅもん》を、いっしょうけんめいきいておぼえたの。」

「そりゃ、おどろいた。」

大巌尊《おおいわおのみこと》は、いごこちわるそうに、もじもじと大《おお》きなからだをうごかしました。

「おまえは、わしがおしえもしないのに、雲《くも》をよべるというんじゃな。」

「そうよ。」

「雨降《あめふ》らしの呪文《じゅもん》も、知《し》っとるわけじゃな。」

「知《し》ってるわ。」

「おまけに、風《かぜ》やいいかずちまで、おこせるというのかい？」

「そういったでしょ？」

スズナ姫《ひめ》は、きらきらとかがやく大《おお》きな目《め》で、大巌尊《おおいわおのみこと》をにらみつけました。

「じゃあ……木《こ》の葉《は》ぞめは、どうだね？

山《やま》の木《き》ぎの葉《は》を秋《あき》の色《いろ》にそめかえることができるかね？」

「できるったら！」

スズナ姫《ひめ》がさけぶようにこたえたとき、大巌尊《おおいわおのみこと》はゆっくりとうなずきました。

「もし、それがほんとうなら、いちどみせてもらわねばならんな。」

スズナ姫《ひめ》は、大巌尊《おおいわおのみこと》のとつぜんのことばに、ちょっとうたぐるようにまゆをよせました。

「スズナや、それでは、こうしよう。」

大巌尊《おおいわおのみこと》は、やさしくこうつづけました。

「おまえはあす、スズナ山《やま》の林《はやし》の木《こ》の葉《は》をそめかえてみなさい。もし、一日《にち》でみごとにその仕事《しごと》をやりとげられたら、わしも、おまえが一人前《いちにんまえ》だとみとめよう。」

スズナ姫《ひめ》は、小《ちい》さな頭《あたま》をかたむけて、しばらく考《かんが》えこみました。

「みとめてもらえたら……どうなるの？」

「もちろん……。」

大巌尊《おおいわおのみこと》はいっしゅん、ことばにつまりましたが、すぐ笑顔《えがお》になってこたえました。

「もちろん、スズナ山《やま》は、おまえにプレゼントしよう。」

「ほんとう？」

スズナ姫《ひめ》の目《め》の中《なか》に、希望《きぼう》がふくらみます。

「ほんとうだとも。……だがね、スズナや。おまえも約束《やくそく》しておくれ。もしそれができなかったときには、ひとりだちの話《はなし》は、わしが『よし。』というまで、もうなしじゃ。いいかね？」

「もちろんよ、お父《とう》さん。」

スズナ姫《ひめ》はかわいらしくこたえました。そして、大巌尊《おおいわのみこと》にとびつくと、かたいごわごわのヒゲに、顔《かお》をすりよせたのでした。

「お父《とう》さん、ありがとう。」

うん、うん、とうなずきながら、大巌尊《おおいわおのみこと》は心《こころ》の中《なか》で考《かんが》えていました。

『まあ、この子《こ》が、たったひとりで、スズナ山《やま》の木《こ》の葉《は》を、あすじゅうにぜんぶそめかえるなんて、むりにきまっているわい。しかし、それにしても、この子《こ》はほんとうに、雲《くも》や風《かぜ》をよぶ呪文《じゅもん》をつかえるのだろうか。』

大巌尊《おおいわおのみこと》は目《め》のすみで、もうじき三百歳《さい》になる小《ちい》さなむすめの、つややかなおかっぱ頭《あたま》をみおろしていました。

雲《くも》のきれまからふきこむ、やさしい秋《あき》の夜風《よかぜ》が、スズナ姫《ひめ》の髪《かみ》をさらさらとゆらしていきました。

3 スズナ山《やま》

よく朝《あさ》、大巌尊《おおいわおのみこと》とスズナ姫《ひめ》は、山《やま》の早起《はやお》き鳥《どり》よりもまだはやく、ねどこをぬけだして、喜仙峰《きせんみね》のいただきに立《た》ちました。

空《そら》はまだ、雲《くも》のかたちもわからぬほどくらく、空気《くうき》はつめたくしめっています。

スズナ姫《ひめ》は、お父《とう》さんのよこに立《た》ち、胸《むね》いっぱいに山《やま》の空気《くうき》をすいこみました。喜仙峰《きせんみね》をおおう杉林《すぎばやし》のかおりが、からだじゅうにみちてきます。足《あし》のうらにふれる地面《じめん》はつめたく、かすかな木《き》ぎのざわめきが耳《みみ》にとどきます。

喜仙峰《きせんみね》の北《きた》のふかい谷間《たにま》からは、山《やま》はだをつたわって、しずかに雲《くも》がわきのぼってくるけはいがしました。

(喜仙山脈《きせんさんみゃく》の空《そら》をながれる雲《くも》は、みな、この北《きた》の谷《たに》でうまれるのです。)

「さあ……。」

スズナ姫《ひめ》は、わくわくとたかなる胸《むね》をおさえ、小《ちい》さく身《み》ぶるいをして空《そら》をみあげました。

「さあ。」

と、しずかに大巌尊《おおいわおのみこと》がいいました。

「では、まず、雲《くも》をよんでごらん。」

スズナ姫《ひめ》はちらりとお父《とう》さんをみてから、もういちど大《おお》きな深呼吸《しんこきゅう》をしました。そして、ぴんと背《せ》すじをのばすと、雲呼《くもよ》びの呪文《じゅもん》を、まっすぐ東《ひがし》の空《そら》にむかってとなえだしたのです。それは、この世界《せかい》の中《なか》に大《おお》むかしからおられる、すがたのない神《かみ》がみにむかってよびかけ、その力《ちから》をかりるための、さだめられた詞《ことば》でした。

「天《あめ》の御中主《みなかぬし》の神《かみ》よ、御力《みちから》を著《あらわ》したまえ。豊雲野《とよくもの》の神《かみ》に御詞《みことば》を賜《たまわ》りて、風《かぜ》より速《はや》き、天駆《あまか》ける雲《くも》をひとひら、われのもとへ、つかわしたまえ。」

大巌尊《おおいわのみこと》は、スズナ姫《ひめ》がすこしもまちがえずに、雲呼《くもよ》びの呪文《じゅもん》をとなえたので、内心《ないしん》、びっくりしていました。それでも、大巌尊《おおいわのみこと》は、むっつりとおしだまって、むすめのとなえた呪文《じゅもん》のききめをみまもっていました。

スズナ姫《ひめ》の呪文《じゅもん》がくらい山《やま》ひだのあいだにひびきわたると、北《きた》の谷底《たにぞこ》から空《そら》にむかってたちのぼっていた霧《きり》のような雲《くも》が、ゆっくりとかたちをかえはじめました。

雲《くも》は、まるで綿菓子《わたがし》ができるときのように、ぐるぐるとうずまきながら、まとまって、すこしずつふくらんでいきます。

そして、大《おお》きなクッションほどにふくらんだ雲《くも》は、きゅうに、はじかれたように谷《たに》をとびたち、全速力《ぜんそくりょく》で喜仙峰《きせんみね》のいただきにやってきたではありませんか。

「やったあ！」

スズナ姫《ひめ》は、もううれしくなって、大巌尊《おおいわおのみこと》のよこでぴょんぴょんととびはねました。

大巌尊《おおいわおのみこと》はというと、いよいよむずかしい顔《かお》になって、ただじっと、闇《やみ》の底《そこ》にしずむ山《やま》なみをにらみすえるばかりでした。

スズナ姫《ひめ》が、かるがると雲《くも》にとびのりました。

「じゃ、お父《とう》さん、いってきます。」

「ああ、がんばってな……。」

大巌尊《おおいわおのみこと》はヒゲの中《なか》で、もぞもぞとつぶやきます。でも、そのときもう、スズナ姫《ひめ》をのせた雲《くも》は、喜仙峰《きせんみね》のいただきをはなれ、すばらしい速《はや》さで南《みなみ》にむかってとびはじめていたのです。

「さあ、まっすぐ南《みなみ》へ。スズナ山《やま》へおいき。」

スズナ姫《ひめ》は、体《たい》あたりをくらわしてくる風《かぜ》の中《なか》で、たからかにさけびました。

喜仙峰《きせんみね》も、雲《くも》のすみかも、もうはるかかなたです。

黄金《きん》の雲《くも》からとびだして、じぶんがたったひとり、空《そら》をとんでいるのだと思《おも》うと、スズナ姫《ひめ》は夢《ゆめ》のような気分《きぶん》でした。

なにもかもがすばらしく、なにもかもがゆかいです。スズナ姫《ひめ》をのせた雲《くも》は、大巌尊《おおいわおのみこと》ののる天速雲《あまのはやくも》のように大《おお》きくも、りっぱでもありません。でも、その雲《くも》は、小《ちい》さく、はやく、かろやかで、スズナ姫《ひめ》の心《こころ》のままに、自由《じゆう》に空《そら》をとぶことができるのです。スズナ姫《ひめ》は、おなかのそこがくすぐったくなるほど、しあわせでした。

スズナ姫《ひめ》は、じぶんをのせた雲《くも》にむかって、しゃべりかけました。

「あたしはスズナ姫《ひめ》で、おまえはそのスズナ姫《ひめ》ののる白《しろ》い雲《くも》だから、これからは、おまえを〈天《あま》ノスズシロ〉ってよぶことにするわ。」

〈スズシロ〉というのは、ダイコンのことです。スズナ姫《ひめ》はじぶんの雲《くも》に、〈空《そら》とぶダイコン〉という名《な》をつけたのがとても、気《き》にいりました。

天《あま》ノスズシロは、小《ちい》さなあるじをのせ、南《みなみ》へ、南《みなみ》へととんでいきます。

夜《よる》の闇《やみ》の中《なか》にすこしずつ、やわらかな朝《あさ》の光《ひかり》がとけだしてきました。

喜仙山脈《きせんさんみゃく》の山《やま》やまも、もうじき目《め》をさますのでしょう。こずえのあちこちで、しきりに鳥《とり》たちのなく声《こえ》がします。すずしい朝風《あさかぜ》が山《やま》やまのあいだをわたり、山《やま》ひだをうずめた乳色《ちちいろ》のもやをゆりうごかしています。

「ああ、山《やま》が目《め》をさます。お日《ひ》さまがのぼるわ。」

スズナ姫《ひめ》は、走《はし》る雲《くも》の上《うえ》から、うっとりと東《ひがし》の空《そら》をながめました。

ふいに、太陽《たいよう》のさいしょの光《ひかり》のひとたばが、東《ひがし》の山《やま》の端《は》からあふれでます。

そのとき、スズナ姫《ひめ》の目《め》の下《した》に、朝《あさ》もやにつつまれたスズナ山《やま》がすがたをあらわしました。スズナ姫《ひめ》は、息《いき》をのんだまま、雲《くも》の上《うえ》に身《み》をのりだしました。

ゆっくりと、雲《くも》がスズナ山《やま》にむかっておりていきます。

金《きん》のかんむりのような風草《かぜくさ》の原《はら》っぱが、もりもりとしげった雑木林《ぞうきばやし》が、目《め》のまえにせまってきます。

「あのクスノキの根《ね》もとに、あたしをおろして。」

スズナ姫《ひめ》は、空《そら》いっぱいに葉《は》をしげらせて立《た》つ、うつくしい山《やま》のいただきの大木《たいぼく》をみつめていいました。

雲《くも》はそのことばにこたえて、ゆるやかに原《はら》っぱにまいおり、ゆらゆらとただよって、クスノキの根《ね》もとにながれよりました。

大《おお》きく、大《おお》きく、深呼吸《しんこきゅう》をひとつ。それから、スズナ姫《ひめ》は雲《くも》をとびおりました。やわらかな草《くさ》の地面《じめん》に、足《あし》がとどきます。風《かぜ》にゆられて、頭《あたま》の上《うえ》でクスノキのこずえがなります。どこか林《はやし》のおくでは、カッコウがないていました。

スズナ姫《ひめ》は、ちからいっぱい、クスノキのふとい幹《みき》にだきつきました。それはスズナ姫《ひめ》がはじめてふれる、黄金《きん》の雲《くも》の外《そと》の世界《せかい》でした。

じぶんの足《あし》でスズナ山《やま》のいただきに立《た》ち、じぶんの両《りょう》うででクスノキをだきしめているのだと思《おも》うと、スズナ姫《ひめ》は、胸《むね》がいっぱいになるのでした。

「なんて、きれいな木《き》なんだろう。」

ドームのようにひろがる大木《たいぼく》のこずえをみあげて、スズナ姫《ひめ》はため息《いき》をつきました。

「もし、この山《やま》の山神《やまがみ》になったら、あたしはこの木《き》にすもう。あの高《たか》いこずえを、光《ひかり》の糸《いと》でかがって銀《ぎん》の幕《まく》をはって、その下《した》の枝《えだ》に、コガネグモの糸《いと》であんだハンモックをつるすんだ。」

スズナ姫《ひめ》はざらざらとした木《き》の幹《みき》を、やさしくてのひらでたたくと、やっとクスノキの根《ね》もとをはなれて、ゆっくりとスズナ山《やま》をみわたしました。

原《はら》っぱの草《くさ》の波間《なみま》にただよう白《しろ》いもやは朝風《あさかぜ》にゆれて、はれようとしています。きえていくもやのむこうに、スズナ山《やま》の雑木林《ぞうきばやし》がみえました。

「さあ、これからだわ。」

緑《みどり》においしげる木立《こだち》をみつめて、スズナ姫《ひめ》はしゃんと頭《あたま》をたてました。

「うまくやらなくっちゃ。」

北《きた》の空《そら》をあおぐと、つらなる山《やま》なみのかなたにひときわ高《たか》くそびえる喜仙峰《きせんみね》が、黒《くろ》いかげになってみえています。

「ここで失敗《しっぱい》したら、あたしは、あと六百年《ねん》もまた、あの北《きた》の山《やま》の雲《くも》の中《なか》でくらさなくちゃならないんだわ。あー。いやだ！」

スズナ姫《ひめ》はおもいっきりまゆをしかめると、身《み》ぶるいをしました。

「ぜったい、失敗《しっぱい》なんてしないわ。」

喜仙峰《きせんみね》にむかってそういうと、スズナ姫《ひめ》は、やさしくゆれる緑《みどり》の林《はやし》の中《なか》へと、あるきだしたのでした。

酒呑童子《しゅてんどうじ》

［文］川村《かわむら》たかし　［絵］石倉欣二《いしくらきんじ》

むかし、*丹羽《たんば》の国《くに》の大江山《おおえやま》に、酒呑童子《しゅてんどうじ》とよぶ鬼《おに》がすんでおった。せたけはみあげるほども高《たか》く、力《ちから》こぶはりゅうりゅうともりあがって、牛《うし》や馬《うま》など、ひとひねりだ。

「おそろしいやつや」「ごようじんごようじん」

みやこのひとびとはうわさするのさえ小声《こごえ》で、ひそひそとささやきあうばかり。

なにしろ、てしたの鬼《おに》どもをつれてみやこにあばれこんできては、金《きん》、銀《ぎん》、ざいほうをとっていく。家《いえ》や店《みせ》やらをふみつぶす。

この酒呑童子《しゅてんどうじ》、どうしたわけかかたまでのばしてきりそろえた髪《かみ》のおくに、一羽《わ》のふくろうをすまわせていた。

*京都府西部《きょうとふせいぶ》。

そんなわけで、よくよくきをつけていたというのに、ある日《ひ》のゆうがた、池田《いけだ》の中《ちゅう》納言《なごん》の姫《ひめ》ぎみが、ふいとみえなくなった。

姫《ひめ》ぎみは、やっぱりひとのうわさにのぼるほどうつくしかったので、ねらわれたのだろうか。

なにしろ、北《きた》の山《やま》がにわかにくらくなったとおもうまもなく、姫《ひめ》ぎみのすがたはきえうせて、いなずまがきらめく山《やま》のほうから、鬼《おに》のたかわらいが、

「グハハハ……」

と、きこえるばかりだった。

わらい声《ごえ》のあいだに、

「クッフ　オモシロヤ　クッフ……」

とはしゃぎまわる、ふくろうのかんだかい声《こえ》もきこえたそうな。

姫《ひめ》ぎみをさらわれた中納言《ちゅうなごん》のかなしみは、むねもはりさけんばかりだった。なきくらしているうちに、姫《ひめ》ぎみは、どうやら大江山《おおえやま》のおくふかいほらあなにつれこまれているらしいといううわさがとどいた。

「よし、すまいがわかったか。さっそく、とりかえしにいこうぞ」

うでじまんのわかものたちがほうびをめあてに、いそいそと大江山《おおえやま》めざしてでかけたが、とうとうひとりもかえってこなかった。

酒呑童子《しゅてんどうじ》は、わかものたちの肉《にく》をくらい血《ち》をすすって、やっぱりきみわるいわらい声《ごえ》を、山《やま》や谷《たに》にひびかせるばかりであった。

姫《ひめ》をさらわれて、やせおとろえてしまった中納言《ちゅうなごん》をしんぱいしたみかどは、酒呑童子《しゅてんどうじ》のあばれぶりをきくなり、おおせられた。

「もはや、堪忍袋《かんにんぶくろ》の緒《お》もきれた」

そこで、名《な》をしられた豪傑《ごうけつ》のめんめんをよびあつめることとなった。

大将《たいしょう》は、源頼光《みなもとのよりみつ》。

この武士《ぶし》、武勇《ぶゆう》にすぐれ、ひとにしたわれ、妖怪変化《ようかいへんげ》ものともせず、くらべようのない豪傑《ごうけつ》。


みかどがおおせられた。

「いかに頼光《よりみつ》、うけたまわれ。大江山《おおえやま》に鬼《おに》どもすみついて、わざわいをなす。たいらげよ」

「かしこまってそうろう」

頼光《よりみつ》は、力《ちから》づよくこたえた。


あつまった、ほかの五人《にん》の豪傑《ごうけつ》とは——

三百人力《にんりき》とうわさもたかい、渡辺綱《わたなべのつな》。

鳥《とり》や動物《どうぶつ》のことばがわかる、坂田公時《さかたのきんとき》。

水《みず》がへいきの、藤原保昌《ふじわらのやすまさ》。

火《ひ》をつかう、碓井貞光《うすいさだみつ》。

うらないの名人《めいじん》、卜部季武《うらべのすえたけ》。

いっぽう酒呑童子《しゅてんどうじ》のほうは、茨木童子《いばらきどうじ》、石熊童子《いわくまどうじ》、虎童子《とらどうじ》、黒鉄童子《くろがねどうじ》などなど。

なん十なん百の鬼《おに》どもをあつめた。

ほらあなのむこう、鬼《おに》が城《じょう》にとじこもって、だれひとりちかづかせない。

頼光《よりみつ》がいうには、

「われらはかずはすくないが、みなみな、ひとりでなん十人《にん》なん百人《にん》のはたらきをする。さらに、鬼《おに》どもにゆだんさせるために、山伏《やまぶし》にすがたをかえていこう。かぶとやか

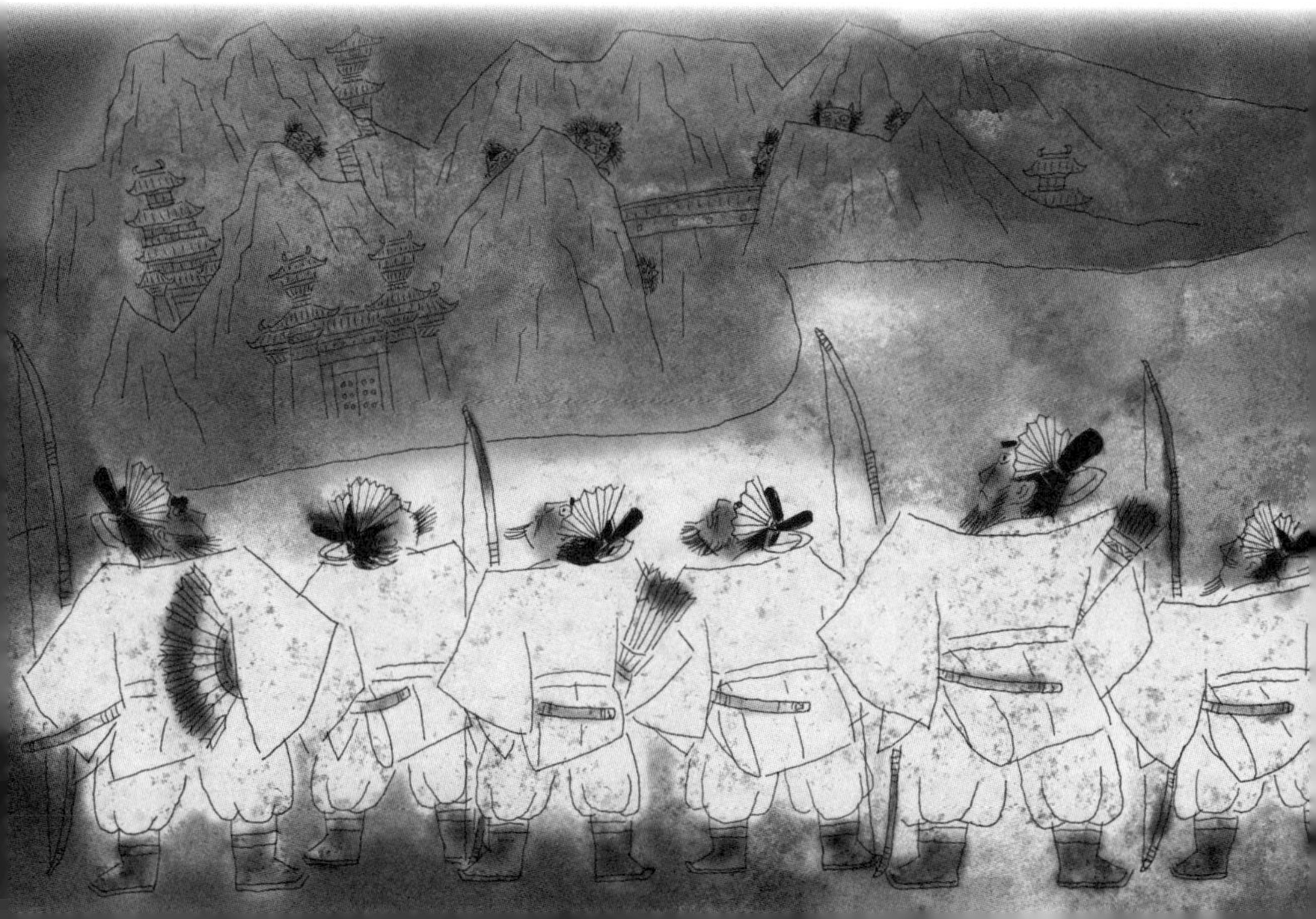

たなは、きづかれないよう笈《おい》＊にかくしてせおうのじゃ」

いわれるままに山伏《やまぶし》すがたとなった六人《にん》はみやこをでて、丹羽《たんば》の国《くに》の大江山《おおえやま》をめざすこととなった。

六人《にん》がずんずんいくと、三人《にん》の、しばかりのおじいさんにであった。

「酒呑童子《しゅてんどうじ》がすむ鬼《おに》が城《じょう》をしらぬか。このあたりとおもわれるが」

卜部季武《うらべのすえたけ》がきくと、おじいさんたちは、

「わしらは、つまやむすめをさらわれ、とりかえそうと、鬼《おに》のあとをおってきました。すみかはほらあなのむこうにみつけましたが、みはりがきびしくて、城《しろ》のなかへふみこむことができませぬ。どうか、にくい鬼《おに》めをたいじしてくだされ」

と、なみだ声《ごえ》になった。

「みやこで手《て》にいれた〈鬼《おに》ころし〉という、ふしぎな酒《さけ》をさしあげましょう。酒呑童子《しゅてんどうじ》にのませてくだされませ。ああ、それから、鬼《おに》の髪《かみ》の毛《け》にかくれたふくろうにゆだんされますな」

三人《にん》のおじいさんにおしえられた道《みち》を、なおもずんずんいくと、ほらあながみえた。ほらあなのむこうは川《かわ》だった。

川《かわ》はまんまんとながれ、むこうぎしはとおい。

「なあに、これくらいの水《みず》なら、わしがわたしてあげよう」

藤原保昌《ふじわらのやすまさ》は、まず源頼光《みなもとのよりみつ》をかたぐるまにし、かたには坂田公時《さかたのきんとき》と渡辺綱《わたなべのつな》をつかまらせ、卜部季武《うらべのすえたけ》と碓井貞光《うすいさだみつ》のふたりを、両手《りょうて》でさしあげながら、ぐいぐいとおしわたった。

まるで、小山《こやま》を水《みず》にのせてはこぶようだ。

むこうぎしでは、うつくしい姫《ひめ》がひとりなきながら、せんたくをしていた。

「わたくしは、花園《はなぞの》の中納言《ちゅうなごん》のむすめ。酒呑童子《しゅてんどうじ》にさらわれてきたものです。このあいだも、池田《いけだ》の中納言《ちゅうなごん》さまの姫《ひめ》がつれてこられました。きょうは、堀河《ほりかわ》の中納言《ちゅうなごん》さまの姫《ひめ》が酒《さけ》のさかなとばかり、たべられました。あしたは、わたしのばんかもしれません。とらわれているのは、十人《にん》ばかり。おそろしくて、いきたここちもしません。みやこがこいしく、父母《ちちはは》がこいしくて――」

＊荷物《にもつ》や書物《しょもつ》などを入《い》れてせおう竹製《たけせい》のかご。

と、またなく。

「なくことはない。じつは、われらはみかどの命《めい》をうけて、鬼《おに》たいじにきたものだ。鬼《おに》が城《じょう》にあんないしてくれないか」

さて、六人《にん》の豪傑《ごうけつ》たちは城《しろ》のまえにたって、かわるがわる大声《おおごえ》をはりあげた。

「あいや、われら六人《にん》は、山《やま》をはしり、滝《たき》にうたれ――」

「しゅぎょうをつづける山伏《やまぶし》でござる」

「道《みち》にまようて難儀《なんぎ》しておるが、今夜《こんや》ひとばん、のきの下《した》でもおかしねがいたい」

「おれいに、みやこからもってきたあめずらしい酒《さけ》をさしあげよう」

酒《さけ》ときいて、酒呑童子《しゅてんどうじ》がのりだした。

「よいともよいとも。のきの下《した》でよければ、やすんでいかれよ。しかし、まず酒《さけ》じゃ。それ、ものども、鬼《おに》が城《じょう》のうま酒《ざけ》をもってまいれ」

酒《さけ》にまぎれて、六人《にん》の山伏《やまぶし》をくいころしてしまうつもり……。

「おう」

とこたえて、鬼《おに》どもはひとの血《ち》をしぼり大《おお》さかずきになみなみとついで、頼光《よりみつ》のまえにおく。

頼光《よりみつ》さらりとのんで、酒呑童子《しゅてんどうじ》につぐ。

鬼《おに》もまた、さらりとのむ。

頼光《よりみつ》が、おじいさんにもらってもってきたみやこの酒《さけ》は、ふしぎの酒《さけ》だった。のみ口《くち》が二つにわかれていて、かたがわからつげば、とくとくとかおりたかいうまざけがふきだし、はんたいがわからつげば、毒《どく》の酒《さけ》。

「うまいうまい」

と、鬼《おに》どもがのみつづけようとしたときだった。

だしぬけに、酒呑童子《しゅてんどうじ》の髪《かみ》の毛《け》が二つにわれて、かおをのぞかせたふくろうが、

「ホロロック　ホロロック　ホウホウ　ホッカイ　ケッカイ　ホウホウ……」

と、なにごとかをはなしはじめた。

すると、坂田公時《さかたのきんとき》がのりだした。

小《ち》さいころ、野《の》や山《やま》でそだった公時《きんとき》は、小鳥《ことり》や動物《どうぶつ》のことばがわかる。

「こやつめ、『山伏《やまぶし》にご用心《ようじん》ご用心《ようじん》。』とわめいています。『六人《にん》は、頼光《よりみつ》を大将《たいしょう》として、となりにいるのは、三百人力《にんりき》の渡辺綱《わたなべのつな》。のこる四人《にん》は、坂田公時《さかたのきんとき》、貞光《さだみつ》、季武《すえたけ》、保昌《やすまさ》とみた。ゆだんするな。』と、わめいております」

きくなり、頼光《よりみつ》はからからとわらいつつ、

「さてもふくろうどのはうれしいことをいう。みやこでしらぬものがない豪傑《ごうけつ》に、われら六人《にん》がにているとは、ゆかいゆかい」

と、とぼけた。

山伏《やまぶし》をいけどったと、鬼《おに》は気《き》をゆるして舞《ま》

いだした。
　みやこより　いかなるひとの　まよいきて
　酒《さけ》やさかなの　かざしとはなる　おもしろや
（みやこからこの山《やま》おくにまよいこんできた山伏《やまぶし》どもが酒《さけ》のさかなになるとはおもしろい）
このとき、渡辺綱《わたなべのつな》はすっくとたってうたった。
　としをへて　鬼《おに》のいわやに　春《はる》のきて
　風《かぜ》やさそいて　花《はな》をちらさん　おもしろや
（ここにいる年《とし》とった鬼《おに》どもを春《はる》のあらしにあった花《はな》のようにけちらすのもおもしろい）
だが、ふくろうにはうたの意味《いみ》がわからない。
「ホロロック　ホロロック　ユダンスルナヨ　ナニヤラ　アヤシイヤマブシメ」
そのあいだにも、毒《どく》いりの酒《さけ》に鬼《おに》どもは、しだいによいつぶれていった。
さすがの酒呑童子《しゅてんどうじ》も、足《あし》がもつれてきた。
「いつになくよったぞ。あとは、女《おんな》どもがおもてなしいたせ。わしは、ひとねむりする」

よろよろとあるきだそうとすると、けたたましいふくろうの声《こえ》がした。

「ホロロック　ホロロック　ホウ……
オンタイショウ　ユダンサレルナ
ヤマブシドモハ　カタナヲ　トリダシテキマシタゾ
アレアレ　ヨリミツハ　ヨロイカブトマデ
ツケマシタガナ」

けれども、酒呑童子《しゅてんどうじ》がいなくなると家来《けらい》の鬼《おに》どもは、ひとりのこらずよいつぶれてしまった。

よろいかぶとに身《み》をかためた頼光《よりみつ》は、酒《さけ》をつぐ姫《ひめ》ぎみたちにいった。

「姫《ひめ》よ、酒《さけ》などつがなくてよい。安心《あんしん》いたせ。鬼《おに》をたいらげて、みやこの父母《ふぼ》のもとにかえしてあげよう。鬼《おに》のねどこは、どこかな」

とらわれの姫《ひめ》たちはおどりあがって、きらびやかな鬼《おに》のすみかを、おくへおくへとあんないする。

すると、ごうごうといういびきの音《おと》がきこえてきた。

そっとのぞいた六人《にん》の豪傑《ごうけつ》たちは、かおをみあわせた。

さっきまでのすがたとはかわりはてて、髪《かみ》は赤《あか》くねじりあい、そのなかからぬうっと、二本《ほん》のつののがのぞいている。

へやをゆるがすいびきのあいだから、ふくろうのひめいがきこえる。

「シュテンドウジ　メヲサマセ　アヤシイヤマブシガ　フミコンデキタゾ　ホロロック　ホロロック……」

ぐずぐずしてはいられない。

「よし、かかれ」

頼光《よりみつ》があいずをすると、六人《にん》の豪傑《ごうけつ》は鬼《おに》にとびかかって、くさりで鉄《てつ》のはしらにつ

なぎとめてしまった。
火《ひ》をつかう碓井貞光《うすいさだみつ》が、鬼《おに》が城《じょう》に火《ひ》をはなった。
そのもの音《おと》で、酒呑童子《しゅてんどうじ》はきがついた。
手《て》と足《あし》をしばりつけていたくさりがきれてとんだ。
頼光《よりみつ》は刀《かたな》をぬいて、酒呑童子《しゅてんどうじ》にきりかかった。
血《ち》まみれの首《くび》は火《ひ》をふいて、頼光《よりみつ》におそいかかったが、たたかいもそこまでだった。
どこかでつぼがくだけるような音《おと》がして、ふくろうのひめいがきこえた。
「ホロロック　ホウ　ホウ　ホウ……」
きらびやかな鬼《おに》が城《じょう》は、ごうごうとほのおがうずまいていた。
いきのこった鬼《おに》どもがにげまどった。
しかし、鬼《おに》のなかにもてごわいやつがいた。
茨木童子《いばらきどうじ》、石熊童子《いわくまどうじ》、黒鉄童子《くろがねどうじ》は、なかなかこうさんしない。
なかでも茨木童子《いばらきどうじ》は、渡辺綱《わたなべのつな》のまえにたちふさがるや、とびかかってむずとくみつく。はねかえす。

また、のしかかる。

綱《つな》は三百人力《にんりき》だが、鬼《おに》もまけてはいない。

そこへあらわれた頼光《よりみつ》の刀《かたな》がひらめくと、みるまに茨木童子《いばらきどうじ》の首《くび》がおちた。

鬼《おに》が城《じょう》が、えんえんともえている。

とらわれの姫《ひめ》ぎみたちが、つぎつぎにはしりでてきた。

さいごのひとり堀河《ほりかわ》の中納言《ちゅうなごん》の姫《ひめ》も、貞光《さだみつ》が、火《ひ》のなかからはこびだした。

たすかったのだ。

ゆめにまでみたみやこへ、もどることができる。父母《ふぼ》のもとへ、かえることができる。

やがて、源頼光《みなもとのよりみつ》をさきにたてたひとびとは、大江山《おおえやま》をあとに、みやこへの道《みち》をかえっていった。

それからというもの、鬼《おに》のすがたはみやこからきえて、ひとびとは平和《へいわ》なくらしをとりもどした。

ふくろうのすがたは、どこにもなかった。
酒呑童子《しゅてんどうじ》がしんだとき、ふくろうは黒《くろ》いガラスだまのようにくだけちって、
四方八方《しほうはっぽう》へとびさったという。

お江戸《えど》の百太郎《ひゃくたろう》

第《だい》一話《わ》　お千賀《ちか》ちゃんがさらわれた

［作］那須正幹《なすまさもと》
［絵］ノブカネユミ

1

東京《とうきょう》が、まだ江戸《えど》とよばれていたころのおはなしです。

本所亀沢町《ほんじょかめざわちょう》の長屋《ながや》に、大仏《だいぶつ》の千次《せんじ》という岡《おか》っ引《ぴ》きがすんでいました。

大仏《だいぶつ》というのは、むろんニックネーム。体《からだ》がでかくて、のんびりしているところから、そんなあだ名《な》がついたのでしょう。

岡《おか》っ引《ぴ》きというのは、いってみれば私立探偵《しりつたんてい》のようなもので、奉行所《ぶぎょうしょ》の役人《やくにん》をたすけて、事件《じけん》の調査《ちょうさ》をしたり、犯人《はんにん》をつかまえることはありますが、べつに奉行所《ぶぎょうしょ》から給料《きゅうりょう》がでるわけじゃない。せいぜい役人《やくにん》からこづかいをもらったり、事件《じけん》の依頼者《いらいしゃ》からお礼《れい》をもらって生活《せいかつ》しているわけです。だから、罪《つみ》のない人《ひと》をつかまえて、金《かね》をおどしとったり、はんたいに、お金《かね》をもらって犯人《はんにん》をみのがしてしまう、たちのわるい岡《おか》っ引《ぴ》きもおおぜいいいました。

そこへいくと、大仏《だいぶつ》の千次《せんじ》は、しごくまっとうな御用《ごよう》ききで、ずるいことはまったくしない。*十手《じって》をひけらかして、いばりちらすこともないから、町内《ちょうない》の評判《ひょうばん》もわるくなかった。

ただ、かんじんの捕《と》りものの腕《うで》は、さっぱりで、これまで手《て》がらしい手《て》がらもありませんでした。

さて……。

向島《むこうじま》のさくらもちり、隅田川《すみだがわ》をわたる風《かぜ》が、ここちよく感《かん》じられる季節《きせつ》になりました。

入江町《いりえちょう》の時《とき》の鐘《かね》が午前《ごぜん》六時《じ》をつげてまもなく、ひとりの男《おとこ》が千次《せんじ》の家《いえ》の格子《こうし》を、そっとあけました。年《とし》のころは三十前後《ぜんご》というところ、着物《きもの》のえりをきちんとあわせた、どこか大店《おおだな》の奉公人《ほうこうにん》といったかんじです。

「ごめんくださいまし。大仏《だいぶつ》の親分《おやぶん》はご在《ざい》宅《たく》でしょうか」

男《おとこ》は、小声《こごえ》で案内《あんない》をこいます。

「ああ、いるよ。なんの用《よう》だね」

しょうじをあけて、あくびまじりの大声《おおごえ》でこたえながらあらわれたのは、この家《いえ》の主人《しゅじん》、大仏《だいぶつ》の千次《せんじ》。いまふとんからぬけだしたところらしく、ねまきの肩《かた》に手《て》ぬぐい、右手《みぎて》に歯《は》みがきのふさようじというでたちです。

男《おとこ》は、ていねいに頭《あたま》をさげると、

「おはつにお目《め》にかかります。てまえ、森《もり》下町《したちょう》の伊勢屋《いせや》の三番番頭《ばんばんとう》、真助《しんすけ》ともうします。早朝《そうちょう》とはおもいましたが、主人徳《しゅじんとく》右衛《え》

＊江戸時代《えどじだい》、役人《やくにん》が罪人《ざいにん》をとらえるのに使用《しよう》した道具《どうぐ》。

門《もん》の至急《しきゅう》の用件《ようけん》でまいりました」

「伊勢屋《いせや》さんの……？　そりゃあ、わざわざ……。ともかく、おあがりなすって……」

伊勢屋《いせや》ときいて、千次《せんじ》もいくぶんあらたまった口《くち》つきになります。森下町《もりしたちょう》の伊勢屋《いせや》といえば、本所《ほんじょ》・深川《ふかがわ》の材木問屋《ざいもくどんや》のなかでも五本《ほん》の指《ゆび》にはいるでしょう。

千次《せんじ》は、真助《しんすけ》にざぶとんをすすめながら、おくに声《こえ》をかけました。

「おい、百《ひゃく》。お客《きゃく》さんだ。お茶《ちゃ》をだしな」

それにこたえて、子《こ》どもの声《こえ》がします。

「お茶《ちゃ》は、ばん茶《ちゃ》かい。それとも、せん茶《ちゃ》かい。おかしはどうしようか」

「ばか、お客《きゃく》さんのまえで、おかしなことをきくない。せん茶《ちゃ》にきまってらあ。ようかんは、あつくきってだすんだぜ」

千次《せんじ》は、てれくさそうに頭《あたま》をかこうとしましたが、右手《みぎて》にまだふさようじをにぎっているのに気《き》づき、そっと長火《ながひ》ばちのしたにかくします。

「へへ、女《おんな》っ気《け》がないもんで、みっともねえところをおみせします」

「とんでもございません。それより親分《おやぶん》さん、どうか、用件《ようけん》のほうをおききください」

伊勢屋《いせや》の三番番頭《ばんばんとう》は、ざぶとんをわきにどけると、長火《ながひ》ばちのそばににじりよります。そして、声《こえ》をおとしてはなしはじめました。

「じつは、てまえどもの主人《しゅじん》、徳右衛門《とくえもん》のむすめが、きのう、さらわれたのでございます」

「さらわれた……？　それはおだやかじゃねえな。おじょうさんは、いくつになられるんで？」

「はい、ことし十歳《さい》におなりです。だんなさまには、三人《にん》のお子《こ》さまがいらっしゃいますが、上《うえ》はみな男《おとこ》のお子《こ》さまで、おふたりとも成人《せいじん》なさっておられます。末《すえ》のお千賀《ちか》さんだけがまだお小《ちい》さいもので、だんなさまも、ことのほかかわいがっておられました」

「お千賀《ちか》ちゃんというんだね。ところで、たしかにさらわれたっていう、証拠《しょうこ》でもあるんですかい」

「はい、きのうの夕方《ゆうがた》、店《みせ》の裏木戸《うらきど》に、このようなものがはさんでございました」

真助《しんすけ》が、ふところから一まいの紙《かみ》きれをとりだして、千次《せんじ》にわたします。ひろげてみると、へたくそな文字《もじ》がならんでいました。

「ええと、むすめは、あずかっている。かえしてほしくば、あすの戌《いぬ》の刻《こく》（午《ご》後《ご》八時《じ》）に、柳島《やなぎしま》の妙見堂《みょうけんどう》に三百*りょうもってこい。かねは、みせのこぞうにもたせること。やくにんにしらせたりすると、むすめのいのちはないものとおもえ——。

ふうん、こりゃあ、ほんもののゆうかい事件《じけん》だ」

のんびり屋《や》の千次《せんじ》も、さすがにねむけがふっとんだようすで、小《ちい》さな目《め》をいっぱいにあけて、手紙《てがみ》をみつめました。

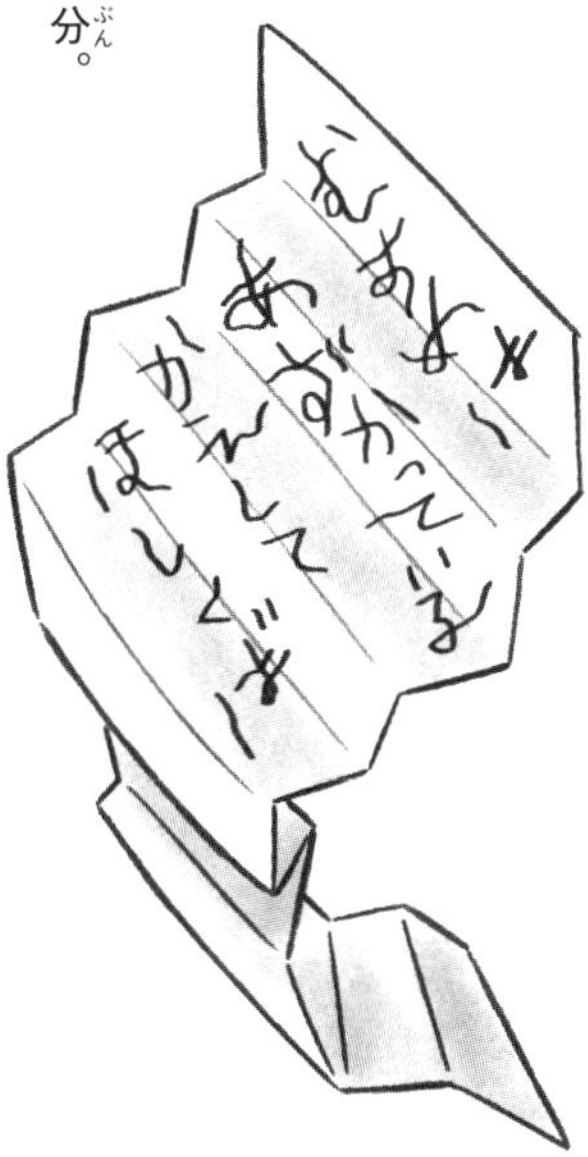

＊江戸時代《えどじだい》の貨幣《かへい》の単位《たんい》。「両《りょう》」と書《か》く。一両《りょう》は小判《こばん》一枚分《まいぶん》。

2

そのとき、男《おとこ》の子《こ》がおぼんをかかえてはいってきました。色《いろ》の黒《くろ》い、目《め》のくりくりした少年《しょうねん》です。男《おとこ》の子《こ》は、お客《きゃく》と千次《せんじ》のまえに、お茶《ちゃ》とおかしをおくと、千《せん》次《じ》のよこにぴたりとすわって、手紙《てがみ》をのぞきこんでいましたが、やがて顔《かお》をあげました。

「ねえ、とうちゃん。この人《ひと》さらいは、けっこう頭《あたま》のいいやつだぜ」

「このおぼっちゃんは？」

真助《しんすけ》が、ふしぎそうにたずねます。

「せがれの百太郎《ひゃくたろう》でさあ。年《とし》は十二ですが、ときどき捕《と》りものの手伝《てつだ》いをさせますんで、ひととおりのことはこころえてるんで。百《ひゃく》、おまえ、どうして人《ひと》さらいの頭《あたま》がいいって、わかるんだい？」

千《せん》次《じ》のことばに、百太郎少年《ひゃくたろうしょうねん》は、真助《しんすけ》にむかって、ぺこりとおじぎをしてしゃべりだしました。

「この手紙《てがみ》、ほとんどひらがなで書《か》いてあるくせに、数字《すうじ》や地名《ちめい》は、ちゃんと漢字《かんじ》をつかってるだろ。だいじなところは、読《よ》みまちがいのないように、漢字《かんじ》で書《か》いている。ていうことは、この手紙《てがみ》を書《か》いたやつは、漢字《かんじ》もよく知《し》ってる人間《にんげん》が、わざとひらがなばかりで書《か》いたんだ。へたくそにみえるのも、きっと左手《ひだりて》で書《か》いて、筆跡《ひっせき》をごまかしてるんだとおもうよ」

「なるほどなあ。そういわれると、これはたしかに左手《ひだりて》で書《か》いた字《じ》だぜ。〝かね〟や〝やくにん〟をかな書《が》きして、〝戌《いぬ》の刻《こく》〟や〝妙見堂《みょうけんどう》〟を漢字《かんじ》で書《か》いているのも、おかしいや」

千次《せんじ》は、すなおに感心《かんしん》しました。

「やはり、犯人《はんにん》は、かなりの学問《がくもん》のあるやつにちがいないってことなんですよ」

百太郎《ひゃくたろう》が笑顔《えがお》で、真助《しんすけ》のほうにふりかえりました。

「なるほど、そういうことでしたか」

真助《しんすけ》は、真顔《まがお》でうなずきます。

「ふうん、しかし、そうなると、あいては、かなり悪知恵《わるぢえ》のはたらくやつかもしれねえなあ」

大仏《だいぶつ》の千次《せんじ》は、ふとい腕《うで》をくんで考《かんが》えこんでしまいました。百太郎《ひゃくたろう》のほうは、あいかわらずにこにこ顔《がお》で、真助《しんすけ》に質問《しつもん》します。

「番頭《ばんとう》さん、お千賀《ちか》ちゃんがさらわれたときのことを、くわしくはなしてくれませんか」

「しょうちしました。きのう、おじょうさんは女中《じょちゅう》をつれて、亀戸《かめいど》の天神《てんじん》さまに、ふじの花《はな》を見物《けんぶつ》にでかけられたのでございます。ところが、ひるすぎになって女中《じょちゅう》がひとりでもどってきまして、なんでも、境内《けいだい》でお千賀《ちか》さんとはぐれてしまったというのでございます」

亀戸天神《かめいどてんじん》は、お江戸《えど》でも指《ゆび》おりのふじの名所《めいしょ》です。きのうは天気《てんき》もよく、花《はな》もみごろとあって、たくさんの見物人《けんぶつにん》でにぎわっていました。お千賀《ちか》ちゃんと女中《じょちゅう》は、ひととおり見物《けんぶつ》をしたあと、茶店《ちゃみせ》でひとやすみしていたが、女中《じょちゅう》がトイレにいってもどってみると、お千賀《ちか》ちゃんのすがたがみえない。茶店《ちゃみせ》の者《もの》にたずねても、よくわからない。女中《じょちゅう》は、境内《けいだい》をくまなくさがしてみたけれど、お千賀《ちか》ちゃんがみあたらないので、あるいは先《さき》にもどったのかもしれないと、ひとりで帰《かえ》ってきたというのです。

「ごしょうちのとおり、天神《てんじん》さまでしたら、子《こ》どもの足《あし》でも一時間《じかん》あれば、もどってこれます。それにおじょうさんは、いままでなんどもお参《まい》りになっておられるので、女中《じょちゅう》がそう考《かんが》えたのもむりございません」

しかし、一時間《じかん》たち、二時間《じかん》たっても、お千賀《ちか》ちゃんは、もどってきません。家《いえ》の者《もの》も不安《ふあん》になって、ほうぼう手《て》わけしてさがしたけれど、手《て》がかりひとつみつかりません。これは、役人《やくにん》に知《し》らせたほうがよかろうと、相談《そうだん》していたやさき、裏口《うらぐち》の戸《と》のあいだに、さっきの手紙《てがみ》がはさんであったのを、店《みせ》の者《もの》が発見《はっけん》したというわけです。

「それでは、お千賀《ちか》ちゃんの顔《かお》つきや、でかけたときの服装《ふくそう》をおしえてください」

百太郎《ひゃくたろう》が、また質問《しつもん》しました。

「さようでございますねえ。色白《いろじろ》で、ぽっちゃりしたまる顔《がお》で、ここのところに、小《ちい》さなほくろがございます」

真助《しんすけ》が右《みぎ》の口《くち》もとを指《ゆび》さしました。

「おでかけのときの着物《きもの》は、赤《あか》いふりそでに、かのこの帯《おび》をしめていらっしゃったとうけたまわっています」

「うけたまわって――というと、番頭《ばんとう》さんはお店《みせ》にいらっしゃらなかったんですか」

「てまえは、そとまわりの仕事《しごと》が多《おお》ございまして、きのうも、朝《あさ》から日本橋《にほんばし》のほうにまいっておりました。夕刻《ゆうこく》もどってきて、さわぎを知《し》ったようなわけでして」

「わかりました。お金《かね》をわたすのは、戌《いぬ》の刻《こく》、だから、午後《ご ご》八時《じ》ですね。それまでに、とうちゃんが、作戦《さくせん》をたててくれますよ。ね、とうちゃん」

「う、うん。そりゃあ、まあ、なんとか、おじょうさんを無事《ぶじ》にたすけてさしあげたいもんだなあ」

千次《せんじ》はまだ腕《うで》ぐみをしたまま、口《くち》のなかでもごもごつぶやきます。

「このとおり、とうちゃんもやる気十分《きじゅうぶん》です。どうか徳右衛門《とくえもん》さんにお伝《つた》えください。大仏《だいぶつ》の千次《せんじ》がひきうけたからには、かならず、おじょうさんをたすけてごらんにいれます」

百太郎《ひゃくたろう》が、千次《せんじ》にかわって小《ちい》さな胸《むね》をたたいてみせました。

3

「おまえ、だいじょうぶかい。あんな安《やす》うけあいをして。ゆうかい事件《じけん》ていうのは、なかなかやっかいだからなあ」

千次《せんじ》は、そういいながら、どんぶりのような茶《ちゃ》わんをつきだします。

「なにいってるんだい。とうちゃんも、このへんで手《て》がらをたてて、佐竹《さたけ》さまに御恩《ごおん》がえしをしなくちゃあ」

佐竹《さたけ》さまというのは、千次《せんじ》をひいきにしてくれる南町奉行所《みなまちぶぎょうしょ》の同心《どうしん》、佐竹左《さたけさ》門《もん》です。もう五十歳《さい》をこしたベテラン同心《どうしん》で、千次《せんじ》とは、二十年《ねん》もの、長《なが》いつきあいでした。

「そういえば、ここんとこ、たいしたお役《やく》にもたてねえで、毎月《まいつき》のおてあてばかりいただいちまってるなあ」

「そうさ、神《かみ》だなの十手《じって》にだって、くもが巣《す》をかけてるんじゃないのかい」

千次《せんじ》の茶《ちゃ》わんにごはんをもりつけながら、百太郎《ひゃくたろう》が、じんわり父親《ちちおや》をにらみます。

「なにいってやがる。こうみえても、おれひとりで、どろぼうをふんづかまえたことだってあるんだぞ」

「いつのこと？」

「ええと、あれは……」

千次《せんじ》は、はしをおいて考《かんが》えていましたが、

「そうだ、おっかあの死《し》んだ年《とし》の秋《あき》だ。緑町《みどりちょう》のお稲荷《いなり》さんのさい銭《せん》どろぼうをお縄《なわ》にしたぜ」

「かあちゃんが死《し》んだ年《とし》なら、もう五年《ねん》もまえじゃないか」

百太郎《ひゃくたろう》は、ため息《いき》をついて、おみおつけをすすりはじめました。

千次《せんじ》のおかみさん、つまり百太郎《ひゃくたろう》の母親《ははおや》が流行病《はやりやまい》で死《し》んだのは五年《ねん》まえ、百《ひゃく》太郎《たろう》が七つの夏《なつ》でした。それ以来《いらい》、千次《せんじ》と百太郎《ひゃくたろう》はふたりぐらしです。家《いえ》のことは、ごはんのしたくから、そうじせんたくまで百太郎《ひゃくたろう》がやらなくてはなりません。そのうえ……。

「とにかく、こんどの事件《じけん》は、ぜったいに解決《かいけつ》しなくちゃあだめだよ。おいらも手伝《てつだ》うからさ」

「え、百《ひゃく》。おまえ、たすけてくれるかい」

きゅうに千次《せんじ》の目《め》がかがやきはじめました。

「うん、きょうは寺子屋《てらこや》がやすみだから、いっしょに天神《てんじん》さまにいってみようよ。そいから、伊勢屋《いせや》さんによって、ちょっと調《しら》べたいことがあるんだ。おいら、さっきから気《き》になってるんだけど……」

百太郎《ひゃくたろう》は、ふと首《くび》をかしげます。

「ゆうかい犯人《はんにん》は、店《みせ》のことをよく知《し》ってるやつじゃないかなあ。だって、おじょうさんが、きのう天神《てんじん》さまにおまいりにいくってことを、あらかじめ知《し》っていなくちゃあ、うまくいかないんじゃないかしら」

「そうか、けっこう手《て》がかりがあるじゃねえか。とうちゃんも、なんだかげんきがでてきたぜ。げんきがでると、どういうわけか、はらがへる」

千次親分《せんじおやぶん》が、四はいめの茶《ちゃ》わんを、百太郎《ひゃくたろう》のまえにつきだしました。


ふたりが家《いえ》をでたのは、八時《じ》をすぎたころでした。

江戸《えど》の町人《ちょうにん》は、朝《あさ》がはやく、夜明《よあ》けには、もうたいていの人間《にんげん》ははたらきにでかけています。長屋《ながや》の井戸《いど》ばたでは、おかみさんたちが洗《あら》いものをしていました。

「おや、千次親分《せんじおやぶん》。おでかけかい」

おかみさんのひとりが声《こえ》をかけます。

「ああ、ちょいと御用《ごよう》のすじでな」

「めずらしいこともあるもんだ。さては石川五右衛門《いしかわごえもん》でもつかまえにおいでだね」

大仏《だいぶつ》の千次《せんじ》の腕《うで》は、長屋《ながや》のかみさん連中《れんちゅう》にまで知《し》れわたっているようです。

長屋《ながや》の木戸《きど》のそばにうずくまっていた大《おお》きな黒犬《くろいぬ》が、百太郎《ひゃくたろう》をみると、ゆっくりとおきあがってちかよってきました。長屋《ながや》にすみついているのら犬《いぬ》です。

「クロ、きょうはおまえと遊《あそ》べないんだ。こんど遊《あそ》んでやるから、がまんしな」

百太郎《ひゃくたろう》のことばがわかったのでしょうか。犬《いぬ》はざんねんそうに、もとの場所《ばしょ》にねそべります。

お江戸《えど》の空《そら》は、きょうもからりと晴《は》れて、雲《くも》ひとつない青空《あおぞら》にとびが輪《わ》をえがいています。お竹蔵《たけぐら》の堀《ほり》では、かえるがさかんになきかわしていました。

4

お竹蔵《たけぐら》の堀《ほり》にそって北《きた》にあるき、堀《ほり》のきれたところから右《みぎ》にまがれば吉田町《よしだちょう》。横川《よこかわ》にかかる法恩寺橋《ほうおんじばし》をわたって、寺《てら》を左《ひだり》にみながら、もうひとつ横十間川《よこじっけんがわ》の天神橋《てんじんばし》をこえると、ゆくてに大《おお》きな鳥居《とりい》がみえてきます。お千賀《ちか》ちゃんのすがたがきえたという、亀戸天神《かめいどてんじん》です。

亀戸天神《かめいどてんじん》は、お江戸《えど》でも有名《ゆうめい》な天神《てんじん》さまでした。鳥居《とりい》をくぐると、ひろい道路《どうろ》がまっすぐ大門《おおもん》のまえにのびていて、道《みち》の両側《りょうがわ》には小料理屋《こりょうりや》がずらりと軒《のき》をならべていました。

門《もん》をくぐれば、これまたひろびろとした社内《しゃない》の中央《ちゅうおう》に大《おお》きな池《いけ》があって、御手洗《みたらい》の反《そ》り橋《ばし》と名《な》づけられたたいこ橋《ばし》がかかっています。本殿《ほんでん》は社内《しゃない》のおく、橋《はし》をわたった正面《しょうめん》にありました。

千次《せんじ》と百太郎《ひゃくたろう》は、まず本殿《ほんでん》におまいりしたあと、池《いけ》のそばの茶店《ちゃみせ》をのぞいてみました。

まだ時間《じかん》がはやいので、お客《きゃく》のすがたもなく、まえかけをしたむすめが、店《みせ》先《さき》に水《みず》をまいています。

千次《せんじ》がむすめのひとりに声《こえ》をかけました。

「ちょいとたずねてみるんだが、きのうひるちかく、赤《あか》い着物《きもの》のむすめが、やすんでいかなかったかい。女中《じょちゅう》をひとりつれていたとおもうんだが」

「ああ、伊勢屋《いせや》のおじょうさんのことでしょ」

むすめがすぐにこたえます。

「よく知《し》ってるじゃないか」

「夕方《ゆうがた》、お店《みせ》の人《ひと》がさがしにこられましたよ。じゃあ、まだおもどりにならないんですか」

「ま、そういうことだ。で、こころあたりはないのかい」

むすめは、水《みず》まきのひしゃくをもったまま、すまなさそうな顔《かお》でうなずきます。

「きのうは、たいへんな人出《ひとで》だったんです。うちにもお子《こ》さんづれのお客《きゃく》さんが、なん人《にん》もやすまれたものですから……」

お千賀《ちか》ちゃんのことは、おぼえていないようでした。

「そうかい。じゃまをしたね」

千次《せんじ》はがっかりした顔《かお》つきで店《みせ》をでました。

ふたりは、社内《しゃない》の茶店《ちゃみせ》をのこらずまわり、社務所《しゃむしょ》の人《ひと》にもたずねてみましたが、だれもお千賀《ちか》ちゃんをみかけた者《もの》はいませんでした。

二時間《じかん》もあるきまわったあと、千次《せんじ》と百太郎《ひゃくたろう》は神楽殿《かぐらでん》のきざはしにすわりこんで、ひとやすみすることにしました。

池《いけ》をとりまくようにつくられたふじだなには、白《しろ》やむらさきのふじの花《はな》が、長《なが》いふさをたらし、遠目《とおめ》には、池《いけ》のおもてに、もやがたちこめているようにみえます。花《はな》のあいだをいそがしくとびかうおびただしいハチの羽音《はおと》が、ふたりの耳《みみ》にけだるくひびいてきました。

「ねえ、とうちゃん。こんなに人目《ひとめ》の多《おお》いところから、どうやってお千賀《ちか》ちゃんをかどわかせたのかねえ」

　百太郎《ひゃくたろう》が、ふと千次《せんじ》の顔《かお》をふりあおぎます。

「そうさなあ。手《て》あらなまねをしたんじゃあるまいよ。なにか、うまい口実《こうじつ》をつくって、つれだしたんだろう」

「門《もん》のそとにつれだしたあとは？　まさか、あるいていったんじゃないとおもうけどなあ」

「そりゃあそうだ。まっぴるま、女《おんな》の子《こ》の手《て》をひいてあるいていけば、すぐに足《あし》がついちまうからな」

「やっぱり、かごかなにかにのせたんだね。そういえば、鳥居《とりい》のそばに、町《まち》かごが二、三ちょう*客《きゃく》をまってたなあ」

　百太郎《ひゃくたろう》のことばに、千次《せんじ》が、ぽんとひざをたたきました。

「ちげえねえや。天神《てんじん》さまをでたあとのことも調《しら》べてみなくちゃあな」

　千次《せんじ》はいきおいよくたちあがったかとおもうと、門《もん》のほうへとかけだします。

「いやになっちゃうなあ。あそこまでヒントをださないと、わかんないんだから」

ぶつぶつひとりごとをいいながらも、百太郎《ひゃくたろう》は、うれしそうに父親《ちちおや》のあとをおいます。

5

町《まち》かごというのは、いまでいうタクシーみたいなものですが、もちろんエンジンも車輪《しゃりん》もありません。かごかきがふたりしてかつぎます。大鳥居《おおとりい》のそばに、ふじ見物客《けんぶつきゃく》めあてのかごが三ちょう、とまっていました。千次《せんじ》がちかづくと、鳥居《とりい》の根《ね》かたにしゃがんで、たばこをすっていたかごかきがたちあがりました。

「こりゃあ亀沢町《かめざわちょう》の……。親分《おやぶん》もふじ見物《けんぶつ》でござんすかい」

権太《ごんた》という顔《かお》みしりのかご屋《や》です。

「そんなのんきな身分《みぶん》じゃねえよ。それよりおめえたち、いつもここで客《きゃく》をひろうのか」

＊人《ひと》がかついで運《はこ》ぶかごの単位《たんい》。

「へえ、ふじの花《はな》のころは、たいていここにおりやす」

「なら、きのうのひるちかく、年《とし》のころは十ばかりの女《おんな》の子《こ》をのせやしなかったか。赤《あか》い着物《きもの》をきていたとおもうんだが……」

まわりにあつまってきたかごかきたちが、たがいに顔《かお》をみあわせました。

「赤《あか》い着物《きもの》というと、あの子《こ》のことかな」

背《せ》の高《たか》い男《おとこ》が、あいぼうをふりかえりました。

「だけど、あの子《こ》には、つれがいたぜ」

「どんなつれだ？」

千次《せんじ》が、せきこんでたずねます。

「三十前後《ぜんご》の、やくざみたいな男《おとこ》でさあ」

「かご屋《や》さん」

おもわず百太郎《ひゃくたろう》も、口《くち》をはさみました。

「その女《おんな》の子《こ》は、顔《かお》にほくろがありませんでしたか」

「そういえば、ここんとこにありやした。色白《いろじろ》なんで、よく目《め》についたんですよ」

かご屋《や》は、自分《じぶん》の口《くち》もとを指《ゆび》さします。やはりお千賀《ちか》ちゃんにまちがいないようです。

「かご屋《や》さん、そのときのこと、くわしくはなしてくれませんか」

百太郎《ひゃくたろう》のことばに、かごかきがしゃべりはじめました。

「なんだか、えらくいそいでましてね。女《おんな》の子《こ》の父親《ちちおや》が、けがをしたとか、そんなことをはなしてましたぜ」

「それは、だれがいったんです」

「つれのやくざ男《おとこ》が、むすめさんにはなしてました」

「そいつの人相《にんそう》、風体《ふうてい》はおぼえているだろうな」

千次《せんじ》も体《からだ》をのりだします。

「そりゃあもう……。左《ひだり》の目《め》に黒《くろ》い眼帯《がんたい》をしてましたぜ。はでな着物《きもの》きて、これみよがしに腕《うで》まくりなんぞしてたが、ありゃあ、腕《うで》のほりものをみせびらかしてたんでしょう」

「いれずみをしてたのかい」

「右《みぎ》の腕《うで》に、〝南無妙法蓮華経《なむみょうほうれんげきょう》〟って、お題目《だいもく》をほってました」

「ふうん、左目《ひだりめ》に眼帯《がんたい》、右腕《みぎうで》にお題目《だいもく》のほりものか。こいつはいいことをきいた。そのお題目《だいもく》やろうが、むすめをさらったにちげえねえ」

かご屋《や》たちが、びっくりしたようすで千次《せんじ》をながめました。

「あの男《おとこ》は、人《ひと》さらいなんで？」

「ああ、むすめをだましてつれていったんだ」

「へええ、人相《にんそう》はよくなかったが、それにしちゃあ、むすめさんは、ちっともこわがってませんでしたよ。どっちかっていえば、いばってたなあ。おまえ、おタネは、どうするのって、なれた口《くち》のききかたをしてましたぜ」

「おタネ……？　なんだいそりゃあ」

「さあ、男《おとこ》が、ぺこぺこしながら、なにかいってたけど、あいにくきこえなくて……」

「そいで、むすめを、どこまでのせてった」

「へい、浅草《あさくさ》の馬道《うまみち》までできあ」

「浅草《あさくさ》の馬道《うまみち》か。するてえと、そのあたりに、やつのすみかがあるんだな。ようし、それじゃあ、おれたちをそこまで案内《あんない》してもらおうか」

千次《せんじ》は、はやくも大《おお》きな体《からだ》を、かごのなかにおしこめています。

「百《ひゃく》、おまえも権太《ごんた》のかごにのんな」

かごのそとにたっている百太郎《ひゃくたろう》を、千次《せんじ》がうながしましたが、百太郎《ひゃくたろう》は首《くび》をふります。

「おいらは、ちょっと調《しら》べたいことがあるから、とうちゃんだけでいっておいでよ。そうだ、例《れい》のきょうはく状《じょう》、かしといてくれないか」

「調《しら》べたいって、浅草《あさくさ》にいきゃあ、むすめを助《たす》けだせるかもしれないんだぜ」

千次《せんじ》は、けげんな顔《かお》つきですが、百太郎《ひゃくたろう》は無言《むごん》で手《て》をつきだしています。しかたなく千次《せんじ》は、ふところの手紙《てがみ》を百太郎《ひゃくたろう》にわたしました。

「ようし、かご屋《や》、浅草《あさくさ》までたのむぞ」

「ひゃあ、親分《おやぶん》はおもうござんすね。回向院《えこういん》の力士《りきし》なみだ」

かご屋《や》は、やっとこさ千次《せんじ》ののったかごをかつぐと、よたよたはしりだしました。

父親《ちちおや》のかごが角《かど》をまがるのをみとどけると、百太郎《ひゃくたろう》は、もときた道《みち》をもどりはじめました。

6

三十分後《ぶんご》、百太郎《ひゃくたろう》のすがたは、竪川《たてかわ》ぞいの相生町《あいおいちょう》にある、とある長屋《ながや》のまえにあらわれました。

いり口《ぐち》に、「筆道指南《ひつどうしなん》」という、うすよごれたかんばんがかかり、格子《こうし》には、子《こ》どもの書《か》いたお習字《しゅうじ》の作品《さくひん》が、額《がく》にいれてかざってありました。

ここは百太郎《ひゃくたろう》のかよっている寺子屋《てらこや》でした。

「先生《せんせい》、秋月先生《あきづきせんせい》」

百太郎《ひゃくたろう》は、格子戸《こうしど》をあけて、おくにどなります。

「だれだね。きょうは手習《てなら》いはやすみだよ」

おくから、ねむそうな男《おとこ》の声《こえ》がかえってきました。

「百太郎《ひゃくたろう》です。先生《せんせい》に、ちょっとみていただきたいものがあるんですよ」

返事《へんじ》もきかずに、百太郎《ひゃくたろう》はおくにあがりこみます。長屋《ながや》のへやを三げんぶんぶちぬいた、細長《ほそなが》いへやのおくで、*1さかやきをのばした若《わか》いさむらいが、酒《さけ》どっくりをまくらにねころんでいました。

「なんだ。先生《せんせい》、手習《てなら》いをやすんだのは、用事《ようじ》があったからじゃないんですね」

「はは、用《よう》というのは、じつは、これだ。ゆうべ、むかしの道場《どうじょう》なかまと一晩《ひとばん》中酒《じゅうさけ》をくみかわしていたのさ。わたしも、ついさっき、もどってきたところだよ」

さむらいは、大《おお》きなのびをしておきあがると、まくらにしていたとっくりを、ぴたぴたたたきました。

「なにか、みてもらいたいものがあるそうだね」

くたびれた着物《きもの》をきていますが、なかなかの男《おとこ》まえです。この青年《せいねん》、名《な》まえは秋月精之介《あきづきせいのすけ》という、親代々《おやだいだい》*2の浪人《ろうにん》でした。父親《ちちおや》の死《し》んだのち、寺子屋《てらこや》をついで近所《きんじょ》の子《こ》どもたちにお習字《しゅうじ》をおしえていました。

「じつは、先生《せんせい》。これをみてほしいんです」

百太郎《ひゃくたろう》は、ふところからきょうはく状《じょう》をとりだして、浪人《ろうにん》のまえにひろげました。

秋月先生《あきづきせんせい》は、さいしょ、ねむそうな目《め》をしょぼつかせて手紙《てがみ》をながめていましたが、やがてあごをひとなですると、ううーんとうなりました。

＊1　成人男性《せいじんだんせい》の髪型《かみがた》で前頭部《ぜんとうぶ》から頭頂部《とうちょうぶ》にかけて髪《かみ》をそったもの。
＊2　つかえるあるじがいない武士《ぶし》のこと。

「百太郎《ひゃくたろう》くん、これは人《ひと》さらいのきょうはく状《じょう》ではないか」

「そうなんです」

「で、わたしに、なにをたずねたいのかね」

「おいら、どうも、この文字《もじ》が気《き》になるんです。左手《ひだりて》で書《か》いているけど、なんとなく、おいらたちがお習字《しゅうじ》でならっている文字《もじ》と、ちがっているような気《き》がして……」

「うーん」

寺子屋《てらこや》の先生《せんせい》が、もう一《いち》どうなりました。

「さすがは御用《ごよう》ききのむすこだけのことはあるな。いいところに気《き》がついた。たしかに、この手紙《てがみ》を書《か》いた人物《じんぶつ》は、ただ者《もの》じゃあなさそうだ。左手《ひだりて》で筆跡《ひっせき》をごまかしてはいるが、習《なら》いおぼえた筆法《ひっぽう》というやつが、どうしてもでてしまうんだね。この人物《じんぶつ》は、和様《わよう》、唐様《からよう》をひととおり習得《しゅうとく》した者《もの》だとおもう。たとえば、この〝柳島《やなぎしま》〟や〝妙見堂《みょうけんどう》〟といった漢字《かんじ》は、〝顔法《がんぽう》〟といって、唐《とう》の顔真卿《がんしんけい》の書《しょ》を練習《れんしゅう》した者《もの》でないと書《か》けない筆法《ひっぽう》をつかっている。顔法《がんぽう》は、寺子屋《てらこや》などではおしえないからな」

「つまり、このきょうはく状《じょう》を書《か》いた人間《にんげん》は、ちゃんとした書道《しょどう》を習《なら》ってるってことですね」

「そういうことだ。筆《ふで》のいきおいから考《かんが》えて、たぶん二十から四十歳《さい》までの男《おとこ》だろう」

秋月精之介《あきづきせいのすけ》は、そこで顔《かお》をあげました。

「おやじさんは、この犯人《はんにん》をおっているのかい」

「ええ、くわしいことはいえませんが、今夜《こんや》あたり、捕《と》りものになりそうなんです」

「なるほど、戌《いぬ》の刻《こく》とあるな。すると午後《ごご》八時《じ》に、柳島《やなぎしま》の妙見堂《みょうけんどう》に犯人《はんにん》があらわれるわけだ」

つぶやきながら、秋月先生《あきづきせんせい》は、床《とこ》の間《ま》のほうをちらりとみやりました。このへやにはふにあいな、りっぱな刀《かたな》がたてかけてありました。

「手伝《てつだ》いがいるんなら、いつでも声《こえ》をかけてくれたまえ」

こうみえても、秋月先生《あきづきせんせい》は剣道《けんどう》と柔術《じゅうじゅつ》の達人《たつじん》なのです。

「ありがとうございます」

百太郎《ひゃくたろう》は、ぺこりとおじぎをして、手紙《てがみ》をふところにしまいこみました。

寺子屋《てらこや》をでると、百太郎《ひゃくたろう》は、こんどは竪川《たてかわ》をわたって、深川森下町《ふかがわもりしたちょう》へと足《あし》をのばしました。

深川《ふかがわ》は材木屋《ざいもくや》の多《おお》いところでした。なかでも森下町《もりしたちょう》の伊勢屋《いせや》は、大《おお》きな問屋《とんや》です。店《みせ》の横手《よこて》の広場《ひろば》には、丸太《まるた》や角材《かくざい》がところせましとおかれ、おおぜいの人足《にんそく》がいそがしくはたらいていました。

百太郎《ひゃくたろう》は、店《みせ》のおもてはすどおりして、裏手《うらて》の母屋《おもや》へとむかいます。高《たか》い板《いた》べいをぐるりとまわって、木戸《きど》をあけると、手《て》いれのとどいた庭《にわ》にでました。

庭《にわ》のむこうに、どっしりとした平屋《ひらや》がみえます。

百太郎《ひゃくたろう》は、母屋《おもや》の縁先《えんさき》にたって、小声《こごえ》で案内《あんない》をこいました。

「ごめんください。亀沢町《かめざわちょう》からまいりました。ご主人《しゅじん》におとりつぎください」

すると、ろうかのむこうから、ほっぺたの赤《あか》いむすめがでてきました。

「おや、どこの小僧《こぞう》さんだい。用《よう》があるなら、おもてにまわんなよ。それにだんなさまは気分《きぶん》がすぐれないので、だれにもお会《あ》いにならないよ」

女中《じょちゅう》らしいむすめは、百太郎《ひゃくたろう》の顔《かお》をじろじろながめます。

「そのご気分《きぶん》のわるい原因《げんいん》について、お話《はなし》があるんですよ」

そのとき、へやのほうから男《おとこ》の声《こえ》がしました。

「おタネや、もしかしたら、亀沢町《かめざわちょう》の千次《せんじ》親分《おやぶん》のおつかいじゃないのかい。だったら、すぐにおとおししなさい」

百太郎《ひゃくたろう》は、にっこりわらってうなずきます。それから、

「きみは、おタネさんて、いうのかい。だったら、きのうお千賀《ちか》ちゃんにくっついて天神《てんじん》さまにでかけたのは、おまえさんだろ」

7

伊勢屋徳右衛門《いせやとくえもん》は、五十すぎのやせた男《おとこ》でした。おかみさんのほうは、四十四、五歳《さい》、ぽっちゃりした色白《いろじろ》の美人《びじん》です。もしかしたら、お千賀《ちか》ちゃんの色《いろ》白《じろ》は、母親《ははおや》ゆずりなのかもしれません。

ふたりとも、ふってわいたような災難《さいなん》に、青《あお》い顔《かお》をしていました。とりわけおかみさんは目《め》をなきはらし、百太郎《ひゃくたろう》とはなすあいだも、しじゅう、たもとで目《め》がしらをおさえています。

「ご主人《しゅじん》、じつはさきほど、おやじといっしょに亀戸《かめいど》の天神《てんじん》さまにいって、おじょうさんをのせたかご屋《や》をつきとめたところなんです」

百太郎《ひゃくたろう》は、ふたりをげんきづけるために、いままでの調査《ちょうさ》について報告《ほうこく》しました。ただ、きょうはく状《じょう》のことはだまっていました。

あんのじょう、徳右衛門《とくえもん》夫婦《ふうふ》の顔《かお》に、いくぶんの血《ち》の気《け》がもどってきました。

「すると、むすめは、浅草《あさくさ》のあたりにとじこめられているんでございましょうか」

「さあ、それはまだわかりませんが、それより、おじょうさんをつれだしたやくざ男《おとこ》に、心《こころ》あたりはありませんか」

百太郎《ひゃくたろう》の質問《しつもん》に、ふたりは顔《かお》をみあわせます。

「お千賀《ちか》が、そんな男《おとこ》と知《し》りあいだったとはおもえません。もちろん町内《ちょうない》や知《ち》人《じん》のなかにも、そんな男《おとこ》はおりませんし……」

「そうですか。ところで、おじょうさんの天神《てんじん》まいりは、以前《いぜん》からきまっていたんですか」

「はい、十日《とおか》ほどまえから、お千賀《ちか》がせがむものですから、わたくしが、月《つき》がかわったら、おタネにつれていってもらえと、もうしました」

と、これはおかみさんのこたえです。

「じゃあ、きのう天神《てんじん》さまにいくということは、お店《みせ》の人《ひと》も知《し》っていたんですね」

「はい、お千賀《ちか》が、だれかれとなくしゃべっておりましたし、おタネも女中《じょちゅう》なかまにはなしたようです」

なるほど、これなら犯人《はんにん》が、あらかじめ、ふじ見物《けんぶつ》の日程《にってい》を知《し》っていてもおかしくありません。

「わかりました。ご主人《しゅじん》、もうひとつおうかがいしますが、この店《みせ》でお習字《しゅうじ》のうまい人《ひと》はいませんか」

「お習字《しゅうじ》ですか」

徳右衛門《とくえもん》は、一瞬《いっしゅん》、けげんな顔《かお》をしましたが、

「はい、てまえも書道《しょどう》がすきなものですから、店《みせ》の者《もの》にも手習《てなら》いをすすめております。さようでございますね。うまいのは、やはり一番番頭《いちばんばんとう》の安兵衛《やすべえ》でしょう。けさ、おたくへうかがった真助《しんすけ》も筋《すじ》がいいようです。それに手代《てだい》の卯之吉《うのきち》も、書家《しょか》の先生《せんせい》がほめておられました」

「書家《しょか》の先生《せんせい》?」

「はい、熱心《ねっしん》な者《もの》は、先生《せんせい》について習《なら》わせているのです。真助《しんすけ》も卯之吉《うのきち》も、な

かなか熱心《ねっしん》でして……。そういえば、ことしの正月《しょうがつ》の書《か》きぞめを表装《ひょうそう》したものがありました」

徳右衛門《とくえもん》が、床《とこ》の間《ま》の地袋《じぶくろ》から、三巻《かん》の巻《ま》きものをとりだして、たたみのうえにひろげました。

「これが、安兵衛《やすべえ》。これが、真助《しんすけ》。こっちのが卯之吉《うのきち》の作品《さくひん》です」

ひろげられたのは、どれもむつかしい漢《かん》字《じ》を書《か》きつらねたかけ軸《じく》でした。

「たいそうりっぱなものですねえ」

「はい、先生《せんせい》も、これだけのものが書《か》ける人間《にんげん》は、そんなにいないだろうと、ほめてくださいました」

百太郎《ひゃくたろう》は、かけ軸《じく》をながめていましたが、

「すみませんが、このかけ軸《じく》を、かしていただけませんか」

徳右衛門《とくえもん》にたのみました。

「それはかまいませんが、この書《しょ》が、なにか……？」

「ええ、ちょっと調《しら》べてみたいことがあるんです。あ、そうそう」

百太郎《ひゃくたろう》は、いそいで話題《わだい》をかえます。

「おじょうさんを無事《ぶじ》に助《たす》けだすには、やはり身代金《みのしろきん》をわたさなくてはなりませんが、三百両《りょう》は、用意《ようい》できそうですか」

「それでしたら、けさのうちに用意《ようい》しておきました」

「さすがは伊勢屋《いせや》さんだ」

百太郎《ひゃくたろう》が感心《かんしん》すると、伊勢屋《いせや》の主人《しゅじん》は首《くび》をふりました。

「それが、運《うん》のよいことに、つい三、四日《よっか》まえ、材木《ざいもく》の買《か》いつけのために、三百両《りょう》ほど用意《ようい》させたのでございます。ふだんなら、とても一日《にち》やそこらで、三百両《りょう》もの大金《たいきん》をかきあつめられるものではないのですが、このたびは、たまたま、手元《てもと》にまとまったお金《かね》があったので助《たす》かりました」

徳右衛門《とくえもん》のはなしをききながら、百太郎《ひゃくたろう》は心《こころ》のなかで首《くび》をかしげました。伊《い》勢屋《せや》に三百両《りょう》の大金《たいきん》があったのは、はたして偶然《ぐうぜん》でしょうか、それとも……。

「そろそろ、おやじがもどってくるころですので、また、おうかがいします」

百太郎《ひゃくたろう》は、主人夫婦《しゅじんふうふ》にあいさつをすると、へやをでました。女中《じょちゅう》のおタネが、百太郎《ひゃくたろう》を木戸《きど》のところまでみおくります。

「おタネさん、きみも、災難《さいなん》だったねえ」

百太郎《ひゃくたろう》が声《こえ》をかけると、おタネは、ほっと、ためいきをつきました。

「あたいが、しっかりしてたら、おじょうさんも、あんな目《め》にあわなくてすんだんだけど」

「しょうがないよ。それはそうと、お千賀《ちか》ちゃんという子《こ》は、いったいどんな子《こ》だい」

「そうだねえ……」

おタネも、あいてがこわいお役人《やくにん》でなく、小《ちい》さな子《こ》どもなので、はなしやすいのでしょう。こんなことまではなしてくれました。

「ここだけの話《はなし》だけどさ、顔《かお》ににあわず、おてんばなんだよ。近所《きんじょ》の男《おとこ》の子《こ》をあつめて石合戦《いしがっせん》をしたり、木《き》のぼりをしたり。男《おとこ》の子顔《こかお》まけさ」

「石合戦《いしがっせん》をねえ」

「そうさ、これがまたうまいんだ。石《いし》ころをなげさせたら、百発百中《ひゃっぱつひゃくちゅう》のうでまえなんだから」

百太郎《ひゃくたろう》も、まだ十二歳《さい》ですから、近所《きんじょ》の子《こ》どもと石《いし》なげをしたり、木《き》にのぼって遊《あそ》ぶこともあります。さらわれたお千賀《ちか》ちゃんも、おなじようなことをして遊《あそ》んでいたときくと、なんとなく親《した》しみがわいてきました。

8

伊勢屋《いせや》をでると、もう一ど相生町《あいおいちょう》の寺子屋《てらこや》によって、秋月先生《あきづきせんせい》にかけ軸《じく》をあずけました。もちろん、きょうはく状《じょう》の文字《もじ》とくらべてもらうためです。

「わかった、すこし時間《じかん》をくれたまえ。じっくり調《しら》べさせてもらうよ」

先生《せんせい》は、こころよくひきうけてくれました。

さて、家《いえ》にもどると、千次《せんじ》がうかない顔《かお》つきで、長火《ながひ》ばちのまえにすわっていました。

「とうちゃん、浅草《あさくさ》のほうは、どうだった？」

「どうも、こうもねえや。馬道《うまみち》にでかけたはいいが……」

浅草《あさくさ》の馬道《うまみち》は、浅草寺《せんそうじ》の東《ひがし》にあるにぎやかな通《とお》りです。かご屋《や》のはなしによると、お千賀《ちか》は、浅草寺《せんそうじ》の随身門《ずいしんもん》のまえで、かごをおりると、男《おとこ》といっしょに寺《てら》の境内《けいだい》にはいっていったというのです。

「知《し》ってのとおり、寺《てら》や神社《じんじゃ》の境内《けいだい》は、寺社奉行《じしゃぶぎょう》のなわばりだから、おれたち町方《まちかた》の人間《にんげん》が大《おお》っぴらに調《しら》べられねえことになってるが、それでも、ひととおりきいてまわったんだ」

しかし、お千賀《ちか》の足《あし》どりは、ふっつりとぎれてしまったというのです。

「土地《とち》の岡《おか》っ引《ぴ》きのところによって、きいてみたんだが、浅草《あさくさ》のへんに、左目《ひだりめ》に眼帯《がんたい》をして、右腕《みぎうで》にお題目《だいもく》のいれずみをした男《おとこ》は、いねえそうだ」

「やっぱりねえ」

「やっぱりって、おまえ、はなから、とうちゃんがしくじるとおもってたのか」

「そうじゃないけど、浅草《あさくさ》でかごをおりたのは、おっ手《て》をまよわせるためだとおもったんだ。つまり、犯人《はんにん》は、浅草寺《せんそうじ》からは、べつの方法《ほうほう》でお千賀《ちか》ちゃんをつれさったのさ」

「なあるほど……。そうか、どうりで、いくらさがしてもわからなかったはずだなあ」

千次《せんじ》が、くやしがります。

「と、なると、勝負《しょうぶ》は、今夜《こんや》、金《かね》をわたすときだな。ちくしょう。かならずひっつかまえてやるから」

「そのことなんだけど……」

百太郎《ひゃくたろう》は、じっと父親《ちちおや》の顔《かお》をながめました。

「妙見堂《みょうけんどう》にお金《かね》をもっていく役目《やくめ》は、おいらにさせておくれよ」

「おまえが……？」

「うん、おいらが伊勢屋《いせや》の小僧《こぞう》にばけていくのさ」

「そりゃあ名案《めいあん》だ。金《かね》をうけとった犯人《はんにん》を、おれが尾行《びこう》して、かくれ家《が》にもどったところをお縄《なわ》にするわけだな」

百太郎《ひゃくたろう》が、くすりとわらいました。

「おやめよ、とうちゃん。それでいつも失敗《しっぱい》してるじゃないか」

「う、うん」

千次《せんじ》が、けちょんとなってしまいました。犯人《はんにん》のあとをつける尾行《びこう》は、千次《せんじ》のもっともにがてとするところです。なにしろ、すもうとりみたいな体《からだ》ですから、こっそり尾行《びこう》しているつもりでも、すぐに犯人《はんにん》にさとられてしまうのです。

「だけど、おめえをひとりだけで妙見堂《みょうけんどう》にいかせるわけにはいかないぞ。なんてったって、おれはおまえの父親《ちちおや》なんだからな」

千次《せんじ》が、しぶい顔《かお》でいいました。

「おいらも、ひとりでいくつもりはないさ」

きゅうに百太郎《ひゃくたろう》が千次《せんじ》の耳《みみ》に口《くち》をよせて、なにごとかささやきました。

「なに、クロを…？　しかし、うまくいくかなあ」

百太郎《ひゃくたろう》のことばに、千次《せんじ》はうなずいたり、首《くび》をかしげたりしていましたが、

「よし、その手《て》でやってみるか」

ふといひざを、ぽんとうちました。

と、そのときです。おもての格子《こうし》が、がらりとあいて、

「百太郎《ひゃくたろう》くん、いるかね」

寺子屋《てらこや》の秋月先生《あきづきせんせい》が、かけ軸《じく》をかかえてはいってきました。

「あ、先生《せんせい》」

「わかったぞ。わたしの目《め》にくるいがなければ、手紙《てがみ》の主《ぬし》は、これを書《か》いた男《おとこ》だ」

先生《せんせい》が、なかの一巻《かん》を、はらりと、たたみのうえにひろげます。

「やっぱり……。ありがとうございます。ところで先生《せんせい》、今夜《こんや》、犯人《はんにん》をつかまえることになるとおもいますが、とうちゃんの手助《てだす》けをしてくれませんか」

「ほほう、それはおもしろい。千次《せんじ》どの、ひとつ、捕《と》りものの手伝《てつだ》いをさせてください」

先生《せんせい》が、千次《せんじ》に頭《あたま》をさげます。

「先生《せんせい》にきていただければ、百人力《ひゃくにんりき》でさあ。しかし、その巻《ま》きものは、いったい……？」

なにも知《し》らない千次《せんじ》が、かけ軸《じく》に目《め》をおとしました。

「あ、これはとうちゃんには、秘密《ひみつ》。そのうち、わかるとおもうよ」

百太郎《ひゃくたろう》は、あわててかけ軸《じく》をしまいながら、先生《せんせい》にウインクしてみせました。

9

晩春《ばんしゅん》の太陽《たいよう》が西《にし》にかたむきはじめたころ、千次《せんじ》と百太郎《ひゃくたろう》は、そろって伊勢屋《いせや》にでかけました。

百太郎《ひゃくたろう》が店《みせ》の小僧《こぞう》にばけるときいて、徳右衛門《とくえもん》は、さいしょびっくりしましたが、じきに納得《なっとく》して、店《みせ》のマークのはいったまえかけや、ちょうちんを用意《ようい》してくれました。

「あ、それから、もうひとつおねがいがあるんです。番頭《ばんとう》の真助《しんすけ》さんにも、妙見堂《みょうけんどう》までついてきていただけませんか」

百太郎《ひゃくたろう》が、なにをおもったか、そんなことをいいました。

「真助《しんすけ》を、でございますか」

「ええ、もし犯人《はんにん》が、おいらをべつの場所《ばしょ》につれていくようでしたら、おいらたちを尾行《びこう》して、そいで犯人《はんにん》のかくれ家《が》を、とうちゃんに報告《ほうこく》してほしいんです」

「そんな大役《たいやく》が、番頭《ばんとう》につとまるでしょうか」

「だいじょうぶですよ。こんな役《やく》は、しろうとのほうが、かえって犯人《はんにん》にさとられないものなんです」

徳右衛門《とくえもん》は、不安《ふあん》げな顔《かお》をしながらも、真助《しんすけ》をよびます。百太郎《ひゃくたろう》のたのみをききおわった番頭《ばんとう》の真助《しんすけ》は、きんちょうした表情《ひょうじょう》ながらも、きっぱりとこたえました。

「ご主人《しゅじん》さま、真助《しんすけ》、いのちにかえても、悪人《あくにん》どものすみかをみつけてごらんにいれます」

柳島村《やなぎしまむら》の北十間川《きたじっけんがわ》と横十間川《よこじっけんがわ》がまじわったところに、法性寺《ほうしょうじ》というお寺《てら》がありました。土地《とち》の人《ひと》は、妙見堂《みょうけんどう》とよんでおります。

その当時《とうじ》の柳島《やなぎしま》は、町家《まちや》はほとんどなく、田《た》んぼのなかに、農家《のうか》や、大《おお》きなお寺《てら》、それに料理屋《りょうりや》などが、ぽつん、ぽつんとたっていました。

柳島《やなぎしま》は、江戸《えど》っ子《こ》にとって、日《ひ》がえりハイキングをたのしむ、絶好《ぜっこう》の土地《とち》だったといえましょう。

妙見堂《みょうけんどう》もハイキングコースのひとつで、日《ひ》の高《たか》いうちは参詣人《さんけいにん》でにぎわいますが、それもせいぜい夕方《ゆうがた》の五時《じ》ごろまで、日《ひ》がくれると、人《ひと》っ子《こ》ひとりみえなくなります。妙見堂《みょうけんどう》の境内《けいだい》には、〝星降《ほしくだ》りの松《まつ》〟という大《おお》きな松《まつ》の古木《こぼく》がはえていて、木《き》のしたは、ひるまでもうすぐらいほどでした。

この松《まつ》の根《ね》かたから、二十メートルほどはなれた境内《けいだい》の中央《ちゅうおう》に、ぽつんと、ちょうちんのあかりがともり、ひとりの小僧《こぞう》さんがたっています。いわずとしれた百太郎《ひゃくたろう》です。

遠《とお》くで、午後《ごご》八時《じ》をつげる時《とき》の鐘《かね》がきこえたとおもうと、ふいに本堂《ほんどう》のかげから人《ひと》かげがあらわれて、ちょうちんのそばにちかづきました。

「伊勢屋《いせや》の小僧《こぞう》さんだね」

「へい」

百太郎《ひゃくたろう》は、すかさずちょうちんをさしあげます。やみのなかに、若《わか》い男《おとこ》の顔《かお》がうかびあがりました。お千賀《ちか》ちゃんをつれだした、眼帯《がんたい》の男《おとこ》ではないようです。

「約束《やくそく》のものは、もってきたろうな」

男《おとこ》が、ちょうちんをわきにどけるようにしてたずねました。

「もってまいりました。おじょうさんは、どこにいらっしゃるんで？」

「安心《あんしん》しな。もらうものをもらえば、ちゃんと家《いえ》にとどけてやるよ。ほれ、はやいとこ金《かね》をわたしな」

男《おとこ》は、百太郎《ひゃくたろう》が腰《こし》にまいている金《かね》づつみに手《て》をのばします。

「だめですよ。お金《かね》は、おじょうさんとひきかえにするんだって、だんなさまにいわれました」

「なにを……」

一瞬《いっしゅん》、男《おとこ》はすごい目《め》でにらみましたが、すぐに、

「わかったよ。それじゃあ、むすめをわたしてやるから、こっちにきな」

そういって、くるりとまわれ右《みぎ》をすると、本堂《ほんどう》のほうにあるきだしました。

百太郎《ひゃくたろう》も、あわててあとをおいます。本堂《ほんどう》の裏手《うらて》まできたとき、なにをおもったのか、男《おとこ》がふりかえりました。

「ああ、そうそう。小僧《こぞう》さん……」

「へい？」

なにげなく顔《かお》をあげた百太郎《ひゃくたろう》のみぞおちに、若《わか》い男《おとこ》のこぶしが、ふかぶかとうまりました。

10

ガラガラという、荷車《にぐるま》の音《おと》で目《め》をさましました。わだちの音《おと》は、百太郎《ひゃくたろう》の体《からだ》のしたからきこえてきます。身《み》をおこそうとしたとたん、ふたのようなものに頭《あたま》をぶっつけてしまいました。

妙見堂《みょうけんどう》の境内《けいだい》で若《わか》い男《おとこ》にであったこと、男《おとこ》にくっついて本堂《ほんどう》の裏手《うらて》にまわったことはおぼえています。

そうだ、おいらは犯人《はんにん》に、あて身《み》をくわされて気《き》をうしなってしまったんだ。そいで、*長持《ながもち》みたいな箱《はこ》にいれられて、荷車《にぐるま》ではこばれてるんだ。百太郎《ひゃくたろう》は、あわてて腰《こし》に手《て》をやりました。三百両《りょう》は、まだ無事《ぶじ》のようです。犯人《はんにん》は、お金《かね》といっしょに、百太郎《ひゃくたろう》をかくれ家《が》につれていくつもりでしょう。むろんそこには、お千賀《ちか》ちゃんもつかまっているにちがいありません。百太郎《ひゃくたろう》は、ふところに手《て》をいれると、七つ道具《どうぐ》のはいったかわぶくろをにぎりしめました。

＊衣服《いふく》や日常《にちじょう》の道具《どうぐ》などを入《い》れるふたつきの長方形《ちょうほうけい》の箱《はこ》。

千次《せんじ》の助手《じょしゅ》をしていても、百太郎《ひゃくたろう》は、まだ十手《じって》はもっていません。ただ、いざというときのために、先《さき》にかぎのついたじょうぶなひもや、*呼子《よびこ》、それに火《ひ》うち石《いし》やろうそくといった道具《どうぐ》を、かわぶくろにいれてもっていました。

どれくらいはしったでしょうか。わだちの音《おと》がやんだかとおもうと、頭《あたま》のうえのふたが、いきおいよくひらいて、ちょうちんのあかりがさしこみました。

「小僧《こぞう》さん、気《き》がついたかい」

若《わか》い男《おとこ》が、にやにやわらいながらのぞきこみます。百太郎《ひゃくたろう》は、のろのろと身《み》をおこしながら、すばやくあたりを観察《かんさつ》しました。星《ほし》あかりのしたに、黒《くろ》い山《やま》かげがおおいかぶさるようにせまり、そのまえに、一軒《けん》の農家《のうか》がたっていました。うしろは、みわたすかぎりの田《た》んぼで、はるか遠《とお》くに人家《じんか》のあかりが、小《ちい》さくみえました。

「ごらんのとおり、野《の》なかの一軒家《いっけんや》だ。大声《おおごえ》をあげたきゃあ、あげるがいいさ」

やにわに、男《おとこ》が百太郎《ひゃくたろう》の体《からだ》に荒縄《あらなわ》をかけてしばりあげてしまいました。それから縄《なわ》のさきをもって、農家《のうか》のなかへとはいっていきました。

土間《どま》のおくは板《いた》ばりになっていて、中央《ちゅうおう》にいろりがきってあります。いろりのむこう側《がわ》に、もうひとりの男《おとこ》がすわっていました。

「こりゃあ、伊勢屋《いせや》の小僧《こぞう》さん。きゅうくつなおもいをさせたねえ」

男《おとこ》が、ぐいと顔《かお》をあげます。左目《ひだりめ》に黒《くろ》い眼帯《がんたい》をした、三十歳《さい》くらいの男《おとこ》でした。その顔《かお》をみたとたん、百太郎《ひゃくたろう》は、声《こえ》をあげていました。

「おまえは……」

「はは、やっと気《き》がついたかい。小僧《こぞう》さん。いやさ、亀沢町《かめざわちょう》のちびっ子《こ》御用《ごよう》き、百太郎親分《ひゃくたろうおやぶん》」

いろりの火《ひ》にてらされた男《おとこ》の顔《かお》、黒《くろ》い眼帯《がんたい》で変装《へんそう》しているものの、まぎれもなく伊勢屋《いせや》の三番番頭真助《ばんばんとうしんすけ》ではありませんか。

「今夜《こんや》は、店《みせ》をぬけだすのに苦労《くろう》するとおもっていたが、おまえさんのおかげで助《たす》かったよ。百太郎《ひゃくたろう》さん、おおせのとおり、おまえさんをのせた荷車《にぐるま》を尾行《びこう》して、ここまでやってきましたよ。もっとも、このかくれ家《が》を、親分《おやぶん》に知《し》らせにいく役目《やくめ》だけは、はたせそうもないがね」

＊人《ひと》をよぶときに合図《あいず》にふくふえ。

真助《しんすけ》は、ゆっくりと眼帯《がんたい》をはずしました。

なんということでしょう。真助《しんすけ》が、お千賀《ちか》ちゃんをさらった犯人《はんにん》だったとは……。しかも、その真助《しんすけ》に、百太郎《ひゃくたろう》は犯人尾行《はんにんびこう》の大役《たいやく》をたのんでしまったのです。

「お千賀《ちか》ちゃんは、どこにいるんだ」

百太郎《ひゃくたろう》は、おもわずどなりました。

「安心《あんしん》しな。すぐに会《あ》わせてやるさ。そろそろ、お金《かね》をいただいてもいいだろう」

真助《しんすけ》は、百太郎《ひゃくたろう》のそばにちかよると、なんなく金《かね》づつみをぬきとります。

「兄貴《あにき》、こいつのしまつはどうするんだい？」

若《わか》い男《おとこ》がたずねました。

「むすめといっしょに、あすの朝《あさ》、人買《ひとか》い船《ぶね》に売《う》りとばすのさ。男《おとこ》の子《こ》じゃあ、たいしたねだんにはならないとおもうが……」

真助《しんすけ》のことばに、若《わか》い男《おとこ》は無言《むごん》でうなずきました。そして百太郎《ひゃくたろう》をひきたてて、農家《のうか》の横手《よこて》にある納屋《なや》のまえにつれていきました。

「小僧《こぞう》、むすめといっしょに、いい夢《ゆめ》をみるんだな。あしたは、品川沖《しながわおき》から異《い》国《こく》への船《ふね》の旅《たび》だ」

どんと、腰《こし》をつかれたとおもうと、百太郎《ひゃくたろう》の体《からだ》は、わらのうえにころがっていました。背後《はいご》で、納屋《なや》の戸《と》がしまり、ガチャリと、かぎをかける音《おと》がしました。

11

くらやみのなかで、人《ひと》のうごく気配《けはい》がしました。それといっしょに、かすかにいいかおりが百太郎《ひゃくたろう》の鼻《はな》をくすぐります。

「伊勢屋《いせや》のおじょうさん？」

百太郎《ひゃくたろう》は、においのほうにささやきました。

「ウ、ウ、ウ……」

くぐもった声《こえ》がします。

「ちょっと、まってくださいね」

百太郎《ひゃくたろう》は、しばらくのあいだ、うしろ手《で》にまわした腕《うで》を、しきりにすりあわせていましたが、やがて、はらりと荒縄《あらなわ》をほどいてしまいました。しばられるまえに、ほそい刃《は》ものを右手《みぎて》の指《ゆび》のあいだにはさんでおいたのです。

自由《じゆう》になると、まずふところから、ろうそくをとりだして火《ひ》をつけました。あかるくなった納屋《なや》のすみに、赤《あか》いふりそでの女《おんな》の子《こ》が、さるぐつわをはめられてころがっていました。百太郎《ひゃくたろう》は、手《て》ばやくいましめをといてやります。

「ああ、くるしかった」

口《くち》もとにほくろのある、色白《いろじろ》の顔《かお》が大《おお》きく深呼吸《しんこきゅう》しました。

「お千賀《ちか》ちゃんだね」

「ええ、そうよ。あんたは？」

「亀沢町《かめざわちょう》の岡《おか》っ引《ぴ》き、千次《せんじ》のむすこで、百太郎《ひゃくたろう》というものだよ」

「へえ、岡《おか》っ引《ぴ》きの子《こ》どもなの。あんたもさらわれちゃったってわけ」

百太郎《ひゃくたろう》は、いままでのいきさつを説明《せつめい》しました。

「なんだ、あたしを助《たす》けようとして、反《はん》対《たい》につかまったのか。だらしないわねえ」

人《ひと》さらいにつかまったむすめですから、さぞめそめそしてるとおもったのに、お千《ち》賀《か》は、いたってげんきです。百太郎《ひゃくたろう》は、すこしばかり気《き》がぬけてしまいました。

「ところでお千賀《ちか》ちゃんは、どうして真《しん》助《すけ》にくっついていったんだい。真助《しんすけ》は、やくざみたいなかっこうをしてたろ」

「だって、真助《しんすけ》ったら、おとっつぁんといっしょに、浅草《あさくさ》で大《おお》けがをしたっていうんだもの。自分《じぶん》も左《ひだり》の目《め》にけがをして、

着物《きもの》が血《ち》だらけになったから、かりてきたんだって……」

「腕《うで》のいれずみが、へんだとおもわなかった？」

「あれは、墨《すみ》で書《か》いてあるだけよ。けががはやくなおるように、おまじないをしてるんだって、はなしてくれたわ」

百太郎《ひゃくたろう》にも、ようやくなぞがとけました。真助《しんすけ》は、もののみごとに自分《じぶん》の変《へん》装《そう》を、お千賀《ちか》にごまかしていたのです。

「そうか。ところで、ここは、どこらへんだろうね」

「知《し》らないわ。浅草《あさくさ》の境内《けいだい》で、気絶《きぜつ》させられて、そいで長持《ながも》ちのなかにいれられて、ここまではこばれてきたんだから。あんた、そんなことも知《し》らないで、これからどうするの」

お千賀《ちか》が、かわいい顔《かお》で、百太郎《ひゃくたろう》をにらみました。

「心配《しんぱい》することはないよ。ちゃんと、手《て》はうってあるからね。ともかく、ここからぬけださなくちゃあ」

百太郎《ひゃくたろう》は、納屋《なや》のなかをみまわしました。まわりはがんじょうな板《いた》でかこってありますが、天井《てんじょう》をみると、かべぎわの屋根板《やねいた》が、いくらかずれているようです。

「よし、あそこからでられそうだ」

百太郎《ひゃくたろう》は、かぎのついたひもをたくみにあやつって、天井《てんじょう》の横木《よこぎ》にからませました。

「お千賀《ちか》ちゃん、おいら、そとにまわってかぎをあけてやるから、まっていな」

百太郎《ひゃくたろう》がいうと、お千賀《ちか》はにっこりわらって首《くび》をふりました。

「これくらい、あたしだってのぼれるわよ」

いうがはやいか、天井《てんじょう》からぶらさがったひもに手《て》をかけて、するするとのぼっていきました。さすが男《おとこ》の子《こ》と木《き》のぼり遊《あそ》びをしているだけのことはあります。

屋根板《やねいた》は、ちょっと力《ちから》をいれると、すぐにはずれました。ふたりは屋根《やね》のうえにでると、そっと地面《じめん》にとびおります。

「どんなもんだい。さあ、お千賀《ちか》ちゃん、はやいとこ、にげだそうぜ」

百太郎《ひゃくたろう》は、お千賀《ちか》の手《て》をとって、農家《のうか》の庭《にわ》へかけだしました。

そのとき、前方《ぜんぽう》のやみのなかから、するどい声《こえ》がひびきました。

「そこまでだ、小僧《こぞう》！」

いつのまにでてきたのか、真助《しんすけ》がゆく手《て》にたちふさがっています。あわててうしろをふりむくと、こちらにも長《なが》いぼうをかまえた若《わか》い男《おとこ》がたっていました。

「納屋《なや》のなかからあかりがもれてるんで、みょうだとおもったが……。小僧《こぞう》、なかなかやるじゃあないか。だが、こうなったらしかたがない。ふたりとも、死《し》んでもらうぜ」

真助《しんすけ》の右手《みぎて》で、あいくち*がギラリとひかりました。

12

百太郎《ひゃくたろう》は、お千賀《ちか》ちゃんを背後《はいご》にかばいながら、くちびるをかみしめました。

そとからみると、板《いた》ばりの納屋《なや》はすきまだらけで、なかのあかりが、いくらでも、おもてにもれてしまうのです。それに気《き》づかなかったのは、百太郎《ひゃくたろう》一生《いっしょう》の不覚《ふかく》でした。

でも、まだチャンスはあります。百太郎《ひゃくたろう》がここにとじこめられて、もう一時《じ》間《かん》はたっているでしょう。そろそろ……。

真助《しんすけ》があいくちをかまえて、一歩《ぽ》ふみだしたときでした。うしろのくらやみが、そのまま真助《しんすけ》にのしかかったように、真助《しんすけ》の体《からだ》をのみこみました。

「うわあー」

真助《しんすけ》が、あいくちをほうりだして、その場《ば》にたおれます。なんと、一ぴきのまっ黒《くろ》い犬《いぬ》が、真助《しんすけ》の体《からだ》をつきとばしたのでした。黒犬《くろいぬ》は、つぎの瞬間《しゅんかん》、百太《ひゃくた》郎《ろう》のそばにはしりよると、悪人《あくにん》たちをにらみつけながら、ひくくうなりはじめました。

「な、なんだ。そいつは……」

やっとこさたちあがった真助《しんすけ》が、わめきました。

「はは、紹介《しょうかい》するよ。おいらの友《とも》だちのクロさ。いまだからはなしてやるが、

＊手《て》をまもるつばのない短《みじか》い刀《かたな》。

おまえがきょうはく状《じょう》を書《か》いたってことは、ちゃんとわかってたんだよ。だけどお千賀《ちか》ちゃんを助《たす》けるために、わざと、およがしてたのさ」

百太郎《ひゃくたろう》が、胸《むね》をはってこたえます。

「じゃあ、おれに尾行《びこう》させせたのも……」

「いまごろわかったかい。あれも作戦《さくせん》のひとつなんだ。ああすれば、おまえは、へんな小細工《こざいく》をせずに、かくれ家《が》に直行《ちょっこう》するとおもったからね。そして、おまえのあとを、この犬《いぬ》がつけていたってわけ」

「へえ、あんたって、わりかし頭《あたま》がいいのねえ」

よこからお千賀《ちか》が、感心《かんしん》したようにいいました。

「くそっ。かまうことはねえ。犬《いぬ》もいっしょに、あの世《よ》におくっちまえ！」

「がってんだ」

若《わか》い男《おとこ》が、ぼうをふりかざしておそいかかります。と、クロがぼうのしたをかいくぐって、男《おとこ》のふところにとびこんでいきました。

悲鳴《ひめい》をあげたのは、男《おとこ》のほうでした。

「ちくしょう——」

真助《しんすけ》が、あわてて、あいくちをひろいあげようとしたときです。

「そいつをひろうのは、やめたほうがいいぞ」

おちついた声《こえ》がしました。若《わか》い浪人風《ろうにんふう》のさむらいが、庭先《にわさき》にはいってくるところでした。

ぎょっとした真助《しんすけ》は、それでもあいくちをひろうと、武士《ぶし》めがけてぶっつかっていきます。あいくちが武士《ぶし》の体《からだ》にふれんとした、その一瞬《いっしゅん》、武士《ぶし》が体《からだ》をひらいて右手《みぎて》をうごかしました。そのとたん、真助《しんすけ》の体《からだ》は、三メートルむこうの地面《じめん》にたたきつけられていたのです。

「百太郎《ひゃくたろう》くん、けがはなかったかね」

「はい、先生《せんせい》。とうちゃんは……？」

「親分《おやぶん》は、ほれ、あそこだ」

みれば、田《た》んぼのなかの道《みち》を、大入道《おおにゅうどう》のような人《ひと》かげが、よたよたはしってきます。

「とうちゃん、おそかったじゃないか」

百太郎《ひゃくたろう》は、千次《せんじ》のそばにかけよりました。

「すまねえ、すまねえ。なんせ、クロのやつがすばしっこくて、おいかけるのに苦労《くろう》したぜ。ああ、こんなに長《なが》いことはしったのは、ひさしぶりだ」

千次《せんじ》は、息《いき》をきらせながら、庭先《にわさき》にはしりこむと、それでも御用《ごよう》きらしく、地面《じめん》にのびている真助《しんすけ》にむかって、十手《じって》をつきだしました。

「真助《しんすけ》、御用《ごよう》だ」

ふいに、クロのほえ声《ごえ》がしました。若《わか》い男《おとこ》が、裏手《うらて》にむかってにげていきます。

「あ、あいつは、あたしにまかせて」

やにわに、お千賀《ちか》が石《いし》ころをひろいあげたかとおもうと、大《おお》きなモーションをつけてなげつけました。石《いし》は、にげていく男《おとこ》のうしろ頭《あたま》に、みごと命中《めいちゅう》。男《おとこ》は、声《こえ》もなくたおれてしまいました。

「ねえ、百太郎《ひゃくたろう》さん。あたしの腕《うで》も、ちょっとしたものでしょ。岡《おか》っ引《ぴ》きの助《じょ》手《しゅ》にしてくれないかなあ」

こうして、伊勢屋《いせや》のむすめゆうかい事件《じけん》は、めでたく仕舞《しま》いとなり、千次《せんじ》はひさしぶりにお奉行所《ぶぎょうしょ》から、おほめのことばをもらいました。

ただ、ざんねんなことに、お千賀《ちか》や百太郎《ひゃくたろう》が売《う》りとばされるはずだった人買《ひとか》い商人《しょうにん》は、ついにつかまりませんでした。

真助《しんすけ》という男《おとこ》は、うわべは、まじめな奉公人《ほうこうにん》らしくふるまってはいたものの、これまでに店《みせ》のお金《かね》をかなりごまかしていたようです。それがばれそうになって、こんどの犯行《はんこう》を計画《けいかく》したそうです。それにしても、これだけはまじめに練《れん》習《しゅう》したお習字《しゅうじ》が、犯人《はんにん》わりだしのきめ手《て》になったのですから、皮肉《ひにく》なはなしではあります。

犯行《はんこう》を手伝《てつだ》った若《わか》い男《おとこ》は、道灌山《どうかんやま》のふもとにすむ小悪党《こあくとう》で、お千賀《ちか》がとじこめられていた農家《のうか》も、その男《おとこ》の家《いえ》だったことが、あとでわかりました。

ところで、お千賀《ちか》といえば、事件以来《じけんいらい》、百太郎《ひゃくたろう》の家《いえ》に、ちょくちょく遊《あそ》びにきては、岡《おか》っ引《ぴ》きの助手《じょしゅ》にしてくれといって、百太郎《ひゃくたろう》や千次《せんじ》をこまらせています。

注文《ちゅうもん》の多《おお》い料理店《りょうりてん》

［作］宮沢賢治《みやざわけんじ》
［絵］副島《そえじま》あすか

二人《ふたり》の若《わか》い紳士《しんし》が、すっかりイギリスの兵隊《へいたい》のかたちをして、ぴかぴかする鉄砲《てっぽう》をかついで、白《しろ》くまのような犬《いぬ》を二ひきつれて、だいぶ山《やま》おくの、木《こ》の葉《は》のかさかさしたとこを、こんなことをいいながら、あるいておりました。

「ぜんたい、ここらの山《やま》はけしからんね。鳥《とり》もけものも一ぴきもいやがらん。なんでもかまわないから、早《はや》くタンタアーンと、やってみたいもんだなあ。」

「しかの黄《き》いろな横《よこ》っ腹《ぱら》なんぞに、二－三発《ぱつ》お見舞《みま》いもうしたら、ずいぶん痛《つう》快《かい》だろうねえ。くるくるまわって、それからどたっと倒《たお》れるだろうねえ。」

それはだいぶの山《やま》おくでした。案内《あんない》してきた専門《せんもん》の鉄砲打《てっぽうう》ちも、ちょっとまごついて、どこかへ行《い》ってしまったくらいの山《やま》おくでした。

それに、あんまり山《やま》がものすごいので、その白《しろ》くまのような犬《いぬ》が、二ひきいっしょにめまいを起《お》こして、しばらくうなって、それからあわを吐《は》いて死《し》んでしまいました。

「じつにぼくは、二千四百円《えん》の損害《そんがい》だ。」

と一人《ひとり》の紳士《しんし》が、その犬《いぬ》のまぶたを、ちょっとかえしてみていいました。

「ぼくは二千八百円《えん》の損害《そんがい》だ。」

と、もひとりが、くやしそうに、あたまをまげていいました。

はじめの紳士《しんし》は、すこし顔《かお》いろを悪《わる》くして、じっと、もひとりの紳士《しんし》の、顔《かお》つきを見《み》ながらいいました。

「ぼくはもうもどろうとおもう。」

「さあ、ぼくもちょうど寒《さむ》くはなったし腹《はら》はすいてきたしもどろうとおもう。」

「そいじゃ、これで切《き》りあげよう。なあにもどりに、きのうの宿屋《やどや》で、山鳥《やまどり》を十円《えん》も買《か》って帰《かえ》ればいい。」

「うさぎもでていたねえ。そうすれば結局《けっきょく》おんなじこった。では、帰《かえ》ろうじゃないか。」

ところがどうもこまったことは、どっちへ行《い》けばもどれるのか、いっこう見《けん》当《とう》がつかなくなっていました。

風《かぜ》がどうと吹《ふ》いてきて、草《くさ》はざわざわ、木《こ》の葉《は》はかさかさ、木《き》はごとんごとんと鳴《な》りました。

「どうも腹《はら》がすいた。さっきから横《よこ》っ腹《ぱら》が痛《いた》くてたまらないんだ。」

「ぼくもそうだ。もうあんまりあるきたくないな。」

「あるきたくないよ。ああこまったなあ、何《なに》かたべたいなあ。」

「たべたいもんだな。」

二人《ふたり》の紳士《しんし》は、ざわざわ鳴《な》るすすきの中《なか》で、こんなことをいいました。

その時《とき》ふとうしろを見《み》ますと、りっぱな一軒《けん》の西洋造《せいようづく》りの家《いえ》がありました。

そして玄関《げんかん》には、

RESTAURANT
西洋料理店《せいようりょうりてん》
WILDCAT HOUSE
山猫軒《やまねこけん》

という札《ふだ》がでていました。

「きみ、ちょうどいい。ここはこれでなかなか開《ひら》けてるんだ。はいろうじゃないか。」

「おや、こんなとこにおかしいね。しかしとにかく何《なに》か食事《しょくじ》ができるんだろう。」

「もちろんできるさ。看板《かんばん》にそう書《か》いてあるじゃないか。」

「はいろうじゃないか。ぼくはもう何《なに》か食《た》べたくて倒《たお》れそうなんだ。」

二人《ふたり》は玄関《げんかん》に立《た》ちました。玄関《げんかん》は白《しろ》い瀬戸《せと》のレンガで組《く》んで、実《じつ》にりっぱなもんです。

そしてガラスの開《ひら》き戸《ど》がたって、そこに金文字《きんもじ》でこう書《か》いてありました。

「どなたもどうかおはいりください。決《けっ》してごえんりょはありません」

二人《ふたり》はそこで、ひどくよろこんでいいました。

「こいつはどうだ、やっぱり世《よ》の中《なか》はうまくできてるねえ、きょう一日《にち》なんぎしたけれど、こんどはこんないいこともある。このうちは料理店《りょうりてん》だけれどもただでごちそうするんだぜ。」

「どうもそうらしい。決《けっ》してごえんりょはありませんというのはその意味《いみ》だ。」

二人《ふたり》は戸《と》を押《お》して、なかへはいりました。そこはすぐ廊下《ろうか》になっていました。そのガラス戸《ど》の裏側《うらがわ》には、金文字《きんもじ》でこうなっていました。


「ことにふとったお方《かた》や若《わか》いお方《かた》は、大歓迎《だいかんげい》いたします」


二人《ふたり》は大歓迎《だいかんげい》というので、もう大《おお》よろこびです。

「きみ、ぼくらは大歓迎《だいかんげい》にあたっているのだ。」

「ぼくらは両方《りょうほう》かねてるから。」

ずんずん廊下《ろうか》を進《すす》んで行《い》きますと、こんどは水《みず》いろのペンキぬりの扉《と》がありました。

「どうもへんな家《うち》だ。どうしてこんなにたくさん戸《と》があるのだろう。」

「これはロシア式《しき》だ。寒《さむ》いとこや山《やま》の中《なか》はみんなこうさ。」

そして二人《ふたり》はその扉《と》をあけようとしますと、上《うえ》に黄色《きいろ》な字《じ》でこう書《か》いてありました。

「当軒《とうけん》は注文《ちゅうもん》の多《おお》い料理店《りょうりてん》ですからどうかそこはごしょうちください。」

「なかなかはやってるんだ。こんな山《やま》の中《なか》で。」

「それぁそうだ。見《み》たまえ。東京《とうきょう》の大《おお》きな料理屋《りょうりや》だって大通《おおどお》りにはすくないだろう。」

二人《ふたり》はいいながら、その扉《と》をあけました。するとその裏側《うらがわ》に、

「注文《ちゅうもん》はずいぶん多《おお》いでしょうがどうかいちいちこらえてください。」

「これはぜんたいどういうんだ。」

一人《ひとり》の紳士《しんし》は顔《かお》をしかめました。

「うん、これはきっと注文《ちゅうもん》があまり多《おお》くてしたくが手間《てま》取《ど》るけれどもごめんくださいとこういうことだ。」

「そうだろう。早《はや》くどこか室《へや》の中《なか》にはいりたいもんだな。」

「そしてテーブルにすわりたいもんだな。」

ところがどうもうるさいことは、また扉《と》が一つありました。そしてそのわきには鏡《かがみ》がかかって、その下《した》には長《なが》い柄《え》のついたブラシが置《お》いてあったのです。

扉《と》には赤《あか》い字《じ》で、

「お客《きゃく》さまがた、ここで髪《かみ》をきちんとして、それからはきものの泥《どろ》を落《お》としてください。」

と書《か》いてありました。

「これはどうももっともだ。ぼくもさっき玄関《げんかん》で、山《やま》のなかだとおもって見《み》くびったんだよ。」

「作法《さほう》のきびしい家《うち》だ。きっとよほど偉《えら》いひとたちが、たびたびくるんだ。」

そこで二人《ふたり》は、きれいに髪《かみ》をけずって、くつの泥《どろ》を落《お》としました。

そしたら、どうです。ブラシを板《いた》の上《うえ》に置《お》くやいなや、そいつがぼうっとかすんでなくなって、風《かぜ》がどうっと室《へや》の中《なか》にはいって来《き》ました。

二人《ふたり》はびっくりして、たがいによりそって、扉《と》をがたんと開《あ》けて、次《つぎ》の室《へや》へはいって行《い》きました。早《はや》く何《なに》か暖《あたた》かいものでもたべて、元気《げんき》をつけておかないと、もうとほうもないことになってしまうと、二人《ふたり》とも思《おも》ったのでした。

扉《と》の内側《うちがわ》に、またへんなことが書《か》いてありました。

「鉄砲《てっぽう》とたまをここへ置《お》いてください。」

見《み》るとすぐ横《よこ》に黒《くろ》い台《だい》がありました。

「なるほど、鉄砲《てっぽう》を持《も》ってものを食《く》うという法《ほう》はない。」

「いや、よほどえらいひとがしじゅう来《き》ているんだ。」

二人《ふたり》は鉄砲《てっぽう》をはずし、帯皮《おびかわ》をといて、それを台《だい》の上《うえ》に置《お》きました。

また黒《くろ》い扉《と》がありました。

「どうか帽子《ぼうし》と外套《がいとう》とくつをおとりください。」

「どうだ、とるか。」

「しかたない、とろう。たしかによっぽどえらいひとなんだ。おくにきているのは。」

二人《ふたり》は帽子《ぼうし》とオーバコートをくぎにかけ、くつをぬいでぺたぺたあるいて扉《と》の中《なか》にはいりました。

扉《と》の裏側《うらがわ》には、

「ネクタイピン、カフスボタン、めがね、さいふ、その他金物類《たかなものるい》、ことにとがったものは、みんなここに置《お》いてください」

と書《か》いてありました。扉《と》のすぐ横《よこ》には黒《くろ》ぬりのりっぱな金庫《きんこ》も、ちゃんと口《くち》をあけて

置《お》いてありました。鍵《かぎ》までそえてあったのです。

「ははあ、何《なに》かの料理《りょうり》に電気《でんき》をつかうと見《み》えるね。金気《かなけ》のものはあぶない。ことにとがったものはあぶないとこういうんだろう。」

「そうだろう。してみるとかんじょうは帰《かえ》りにここではらうのだろうか。」

「どうもそうらしい。」

「そうだ。きっと。」

二人《ふたり》はめがねをはずしたり、カフスボタンをとったり、みんな金庫《きんこ》の中《なか》に入《い》れて、ぱちんと錠《じょう》をかけました。

すこし行《い》きますとまた扉《と》があって、その前《まえ》にガラスの壺《つぼ》が一つありました。扉《とびら》にはこう書《か》いてありました。

「壺《つぼ》のなかのクリームを顔《かお》や手足《てあし》にすっかりぬってください。」

みるとたしかに壺《つぼ》のなかのものは牛乳《ぎゅうにゅう》のクリームでした。

「クリームをぬれというのはどういうんだ。」

「これはね、外《そと》がひじょうに寒《さむ》いだろう。室《へや》のなかがあんまり暖《あたた》かいとひびがきれるから、その予防《よぼう》なんだ。どうもおくには、よほどえらいひとがきている。こんなとこで、案外《あんがい》ぼくらは、貴族《きぞく》とちかづきになるかも知《し》れないよ。」

二人《ふたり》は壺《つぼ》のクリームを、顔《かお》にぬって手《て》にぬってそれから靴下《くつした》をぬいで足《あし》にぬりました。それでもまだ残《のこ》っていましたから、それは二人《ふたり》ともめいめいこっそり顔《かお》へぬるふりをしながら食《た》べました。

それから大急《おおいそ》ぎで扉《と》をあけますと、その裏側《うらがわ》には、

「クリームをよくぬりましたか、耳《みみ》にもよくぬりましたか、」

と書《か》いてあって、ちいさなクリームの壺《つぼ》が

ここにも置《お》いてありました。

「そうそう、ぼくは耳《みみ》にはぬらなかった。あぶなく耳《みみ》にひびを切《き》らすところだった。ここの主人《しゅじん》はじつに用意周到《ようい しゅうとう》だね。」

「ああ、こまかいとこまでよく気《き》がつくよ。ところでぼくは早《はや》く何《なに》かたべたいんだが、どうもこうどこまでも廊下《ろうか》じゃしかたないね。」

するとすぐその前《まえ》に次《つぎ》の戸《と》がありました。

「料理《りょうり》はもうすぐできます。

十五分《ふん》とお待《ま》たせはいたしません。

すぐたべられます。

早《はや》くあなたの頭《あたま》に瓶《びん》の中《なか》の香水《こうすい》をよくふりかけてください。」

そして戸《と》の前《まえ》には金《きん》ピカの香水《こうすい》の瓶《びん》が置《お》いてありました。

二人《ふたり》はその香水《こうすい》を、頭《あたま》へぱちゃぱちゃふりかけました。

ところがその香水《こうすい》は、どうも酢《す》のようなにおいがするのでした。

「この香水《こうすい》はへんに酢《す》くさい。どうしたんだろう。」

「まちがえたんだ。下女《げじょ》が風邪《かぜ》でも引《ひ》いてまちがえて入《い》れたんだ。」

ふたりは扉《と》をあけて中《なか》にはいりました。

扉《と》の裏側《うらがわ》には、大《おお》きな字《じ》でこう書《か》いてありました。

「いろいろ注文《ちゅうもん》が多《おお》くてうるさかったでしょう。お気《き》の毒《どく》でした。

もうこれだけです。どうかからだじゅうに、壺《つぼ》の中《なか》の塩《しお》をたくさんよくもみこんでください。」

なるほどりっぱな青《あお》い瀬戸《せと》の塩壺《しおつぼ》は置《お》いてありましたが、こんどというこんどは二人《ふたり》ともぎょっとしておたがいにクリームをたくさんぬった顔《かお》を見合《みあ》わせました。

「どうもおかしいぜ。」

「ぼくもおかしいとおもう。」

「たくさんの注文《ちゅうもん》というのは、むこうがこっちへ注文《ちゅうもん》してるんだよ。」

「だからさ、西洋料理店《せいようりょうりてん》というのは、ぼくの考《かんが》えるところでは、西洋料理《せいようりょうり》を、来《き》た人《ひと》に食《た》べさせるのではなくて、来《き》た人《ひと》を西洋料理《せいようりょうり》にして、食《た》べてやる家《うち》とこういうことなんだ。これは、その、つ、つ、つ、つまり、ぼ、ぼ、ぼくらが……。」

がたがたがたがた、ふるえだしてもうものがいえませんでした。

「その、ぼ、ぼくらが、……うわあ。」

がたがたがたがたふるえだして、もうものがいえませんでした。

「にげ……。」

がたがたしながら一人《ひとり》の紳士《しんし》はうしろの戸《と》を押《お》そうとしましたが、どうです、戸《と》はもう一分《いちぶ》も動《うご》きませんでした。

おくのほうにはまだ一枚扉《いちまいと》があって、大《おお》きなかぎ穴《あな》が二つつき、銀《ぎん》いろのホークとナイフの形《かたち》が切《き》りだしてあって、

「いや、わざわざご苦労《くろう》です。

大《たい》へんけっこうにできました。

さあさあおなかにおはいりください。」

と書《か》いてありました。おまけにかぎ穴《あな》からはきょろきょろ二つの青《あお》い目玉《めだま》がこ

っちをのぞいています。

「うわあ。」がたがたがたがた。

「うわあ。」がたがたがたがた。

ふたりは泣《な》き出《だ》しました。

すると戸《と》の中《なか》では、こそこそこんなことをいっています。

「だめだよ。もう気《き》がついたよ。塩《しお》をもみこまないようだよ。」

「あたりまえさ。親分《おやぶん》の書《か》きようがまずいんだ。あすこへ、いろいろ注文《ちゅうもん》が多《おお》くてうるさかったでしょう、お気《き》の毒《どく》でしたなんて、まぬけたことを書《か》いたもんだ。」

「どっちでもいいよ。どうせぼくらには、骨《ほね》も分《わ》けてくれやしないんだ。」

「それはそうだ。けれどももしここへあいつらがはいってこなかったら、それはぼくらの責任《せきにん》だぜ。」

「呼《よ》ぼうか、呼《よ》ぼう。おい、お客《きゃく》さんがた、早《はや》くいらっしゃい。いらっしゃい、いらっしゃい。お皿《さら》も洗《あら》ってありますし、菜《な》っ葉《ぱ》ももうよく塩《しお》でもんでおきました。あとはあなたがたと、菜《な》っ葉《ぱ》をうまくとりあわせて、まっ白《しろ》なお皿《さら》にのせるだけです。はやくいらっしゃい。」

「へい、いらっしゃい、いらっしゃい。それともサラド*はおきらいですか。そんならこれから火《ひ》を起《お》こしてフライにしてあげましょうか。とにかくはやくいらっしゃい。」

二人《ふたり》はあんまり心《こころ》を痛《いた》めたために、顔《かお》がまるでくしゃくしゃの紙《かみ》くずのようになり、おたがいにその顔《かお》を見合《みあ》わせ、ぶるぶるふるえ、声《こえ》もなく泣《な》きました。

中《なか》ではふっふっとわらってまた叫《さけ》んでいます。

「いらっしゃい、いらっしゃい。そんなに泣《な》いてはせっかくのクリームが流《なが》れるじゃありませんか。へい、ただいま。じきもってまいります。さあ、早《はや》くい

*サラダ。

らっしゃい。」

「早《はや》くいらっしゃい。親方《おやかた》がもうナフキンをかけて、ナイフをもって、舌《した》なめずりして、お客《きゃく》さまがたを待《ま》っていられます。」

二人《ふたり》は泣《な》いて泣《な》いて泣《な》いて泣《な》いて泣《な》きました。

そのときうしろからいきなり、

「わん、わん、ぐゎあ。」

という声《こえ》がして、あの白《しろ》くまのような犬《いぬ》が二ひき、扉《と》をつきやぶって室《へや》の中《なか》に飛《と》びこんできました。鍵穴《かぎあな》の目玉《めだま》はたちまちなくなり、犬《いぬ》どもはううとうなってしばらく室《へや》の中《なか》をくるくるまわっていましたが、また一声《ひとこえ》、

「わん。」

と高《たか》くほえて、いきなり次《つぎ》の扉《と》に飛《と》びつきました。戸《と》はがたりとひらき、犬《いぬ》どもはすいこまれるように飛《と》んで行《い》きました。

その扉《と》のむこうのまっくらやみのなかで、

「にゃあお、くゎあ、ごろごろ。」

という声《こえ》がして、それからがさがさ鳴《な》りました。
室《へや》はけむりのように消《き》え、二人《ふたり》は寒《さむ》さにぶるぶるふるえて、草《くさ》の中《なか》に立《た》って
いました。
見《み》ると、上着《うわぎ》やくつやさいふやネクタイピンは、あっちの枝《えだ》にぶらさがった
り、こっちの根《ね》もとにちらばったりしています。風《かぜ》がどうと吹《ふ》いてきて、草《くさ》は
ざわざわ、木《こ》の葉《は》はかさかさ、木《き》はごとんごとんと鳴《な》りました。
犬《いぬ》がふうとうなってもどってきました。
そしてうしろからは、
「だんなあ、だんなあ、」
と叫《さけ》ぶものがあります。
二人《ふたり》はにわかに元気《げんき》がついて、
「おおい、おおい、ここだぞ、早《はや》くこい。」
と叫《さけ》びました。
みのぼうしをかぶった専門《せんもん》のりょうしが、草《くさ》をざわざわ分《わ》けてやってきまし

た。

そこで二人《ふたり》はやっと安心《あんしん》しました。

そしてりょうしのもってきただんごをたべ、とちゅうで十円《えん》だけ山鳥《やまどり》を買《か》って東京《とうきょう》に帰《かえ》りました。

しかし、さっき一《いっ》ぺん紙《かみ》くずのようになった二人《ふたり》の顔《かお》だけは、東京《とうきょう》に帰《かえ》っても、お湯《ゆ》にはいっても、もうもとのとおりになおりませんでした。

考《かんが》えを広《ひろ》げる

お話《はなし》のポイント

この本《ほん》にのっているお話《はなし》を通《とお》して、考《かんが》える力《ちから》を身《み》につける読《よ》み方《かた》のポイントを紹介《しょうかい》します。お話《はなし》のポイントに注目《ちゅうもく》してもう一度《いちど》読《よ》んでみると、あたらしい気《き》づきがあるかもしれません。お話《はなし》を「考《かんが》え」ながら読《よ》むことで、より面白《おもしろ》く読《よ》むことができるようになっていき、国語《こくご》が得意《とくい》になります。

筑波大学附属小学校《つくばだいがくふぞくしょうがっこう》
国語科教諭《こくごかきょうゆ》　白坂《しらさか》　洋一《よういち》

白《しろ》いぼうし

- お話《はなし》を読《よ》んでふしぎに感《かん》じたところや気《き》になったのはどんなところだろう？
- それぞれの登場人物《とうじょうじんぶつ》と「白《しろ》いぼうし」はどんな関係《かんけい》だっただろう？

走《はし》れ

・のぶよはどんな人物《じんぶつ》で、お話《はなし》のなかでどんなふうに変《か》わっていっただろう？
・お話《はなし》のタイトル「走《はし》れ」は、だれのどんな思《おも》いだろう？

一つの花《はな》

・お父《とう》さんの「一つだけのお花《はな》。大事《だいじ》にするんだよう……。」にはどんな思《おも》いがこめられているか考《かんが》えてみよう。
・お話《はなし》の最後《さいご》の場面《ばめん》と、ゆみ子《こ》が幼《おさな》かった場面《ばめん》ではどんなところが変《か》わっているだろう？

ごんぎつね

・ごんと兵十《ひょうじゅう》はそれぞれどんな性格《せいかく》だろう？　似《に》ているところや共通点《きょうつうてん》を考《かんが》えてみよう。
・お話《はなし》の最後《さいご》で、目《め》をつぶったまますうなずいたごんは、どんな気《き》もちだっただろう？

木竜《もくりゅう》うるし

・そうべえとごん六《ろく》はそれぞれどんな人物《じんぶつ》だろう？　ふたりの関係《かんけい》も考《かんが》えてみよう。

・面白《おもしろ》いと思《おも》った場面《ばめん》をそうべえとごん六《ろく》になりきって声《こえ》に出《だ》して読《よ》んでみよう。

せかいいちうつくしいぼくの村《むら》

・ヤモはどんな人物《じんぶつ》だろう？　他《ほか》の登場人物《とうじょうじんぶつ》との関係《かんけい》も考《かんが》えてみよう。

・お話《はなし》の最後《さいご》の一文《いちぶん》を読《よ》んでどんなことを考《かんが》えただろう？

小《ちい》さな山神《やまがみ》スズナ姫《ひめ》

・スズナ姫《ひめ》はどんな性格《せいかく》だろう？　家族《かぞく》との関係《かんけい》も考《かんが》えてみよう。

・もし自分《じぶん》がスズナ姫《ひめ》になったら、どんなことがしてみたいか考《かんが》えてみよう。

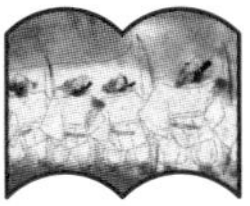

酒呑童子《しゅてんどうじ》

- 戦《たたか》いのなかで面白《おもしろ》いと思《おも》った場面《ばめん》はどんなところだろう？
- 登場人物《とうじょうじんぶつ》のなかで気《き》になったのは誰《だれ》だろう？　その人物《じんぶつ》について詳《くわ》しく調《しら》べてみよう。

お江戸《えど》の百太郎《ひゃくたろう》

- お話《はなし》の舞台《ぶたい》の江戸《えど》時代《じだい》と、今《いま》の時代《じだい》で違《ちが》うところはどんなところだろう？
- 百太郎《ひゃくたろう》はどんな性格《せいかく》だろう？　百太郎《ひゃくたろう》がまわりの人《ひと》たちからどう思《おも》われているかも考《かんが》えてみよう。

注文《ちゅうもん》の多《おお》い料理店《りょうりてん》

- 二人《ふたり》の紳士《しんし》はどんな人物《じんぶつ》だっただろう？
- 二人《ふたり》の紳士《しんし》が不思議《ふしぎ》な世界《せかい》に迷《まよ》い込《こ》んだのはどこからだろう？　そして、紳士《しんし》たちがそのことに気《き》づいたのはどこだろう？

おわりに

「この年《とし》の冬《ふゆ》、村《むら》は戦争《せんそう》ではかいされ、今《いま》はもうありません。」

「せかいいちうつくしいぼくの村《むら》」の結末《けつまつ》の一文《ぶん》から、あなたは、何《なに》を思《おも》い、考《かんが》えましたか？　この一文《いちぶん》を読《よ》んでから、もう一度《いちど》、物語《ものがたり》を読《よ》んでみると、それまでとはちがったさまざまな感情《かんじょう》がわきあがってくることに気《き》づくでしょう。

物語《ものがたり》には私《わたし》たちの感情《かんじょう》を揺《ゆ》さぶる力《ちから》があります。そして、私《わたし》たちが大《たい》切《せつ》にしたいことを気《き》づかせてくれる力《ちから》があります。

「一つの花《はな》」の「それから、十年《ねん》の年月《としつき》がすぎました。」という一文《ぶん》以《い》降《こう》に描《えが》かれているゆみ子《こ》の姿《すがた》とお母《かあ》さんとのやり取《と》りを読《よ》んでから、もう一度《いちど》、はじめから物語《ものがたり》を読《よ》んでいくと、何《なに》を思《おも》い、考《かんが》えますか。結末《けつまつ》部分《ぶぶん》に目《め》を向《む》けながら、その前《まえ》の部分《ぶぶん》を読《よ》むことで、より深《ふか》く物語《ものがたり》からのメッセージを受《う》け取《と》ることができます。

一方《いっぽう》で、冒頭《ぼうとう》の部分《ぶぶん》に目《め》を向《む》けて読《よ》むことで、新《あら》たな気《き》づきを得《え》ることもあります。例《たと》えば、「ごんぎつね」の最初《さいしょ》の一文《ぶん》は「これは、わたしが小《ちい》さいときに、村《むら》の茂平《もへい》というおじいさんからきいたお話《はなし》です。」となっています。この一文《ぶん》から、伝《つた》えられてきたお話《はなし》であることがわかります。なぜ語《かた》りつがれてきたのでしょうか。

一つの物語《ものがたり》でも、目《め》を向《む》けるところによって、味《あじ》わいや印象《いんしょう》、感想《かんそう》が変《か》わります。注目《ちゅうもく》する部分《ぶぶん》によって、受《う》けとるメッセージがどのように変《か》わるか、考《かんが》えてみてもよいでしょう。

筑波《つくば》大学《だいがく》附属《ふぞく》小学校《しょうがっこう》　国語科《こくごか》教諭《きょうゆ》　白坂《しらさか》　洋一《よういち》

著者略歴

あまんきみこ

1931年、満州生まれ。主な作品に「車のいろは空のいろ」シリーズ、『きつねのみちは天のみち』などがある。

今西《いまにし》祐行《すけゆき》

1923年、大阪府生まれ。主な作品に『すみれ島』『ゆみ子とつばめのおはか』などがある。2004年死去。

木下《きのした》順二《じゅんじ》

1914年、東京都生まれ。劇作家。2006年死去。

富安《とみやす》陽子《ようこ》

1959年、東京都生まれ。『クヌギ林のザワザワ荘』「内科・オバケ科　ホオズキ医院」シリーズなど作品多数。

那須《なす》正幹《まさもと》

1942年、広島県生まれ。主な作品に「ズッコケ三人組」シリーズ、『さぎ師たちの空』などがある。2021年死去。

村中《むらなか》李衣《りえ》

1958年、山口県生まれ。主な作品に『かあさんのしっぽっぽ』『よるのとしょかんだいぼうけん』などがある。

新美《にいみ》南吉《なんきち》

1913年、愛知県生まれ。主な作品に『手袋を買いに』『おじいさんのランプ』などがある。1943年死去。

小林《こばやし》 豊《ゆたか》

1946年、東京都生まれ。主な作品に『えほん　東京』『えほん北緯36度線』などがある。

川村《かわむら》たかし

1931年、奈良県生まれ。主な作品に『凍った猟銃』『山へいく牛』などがある。2010年死去。

宮沢《みやざわ》賢治《けんじ》

1896年、岩手県生まれ。主な作品に『銀河鉄道の夜』『風の又三郎』などがある。1933年死去。

底本一覧

白いぼうし
（『車のいろは空のいろ　白いぼうし』所収　ポプラ社　2000年）

走れ
（『走れ』所収　岩崎書店　1997年）

一つの花
（『一つの花』　ポプラ社　1975年）

ごんぎつね
（『ごんぎつね』　ポプラ社　1969年）

木竜うるし
（『わらしべ長者』所収　岩波書店　2000年）

せかいいちうつくしいぼくの村
（『せかいいちうつくしいぼくの村』ポプラ社　1995年）

小さな山神スズナ姫
（『小さな山神スズナ姫』　偕成社　1996年）

酒呑童子
（『酒呑童子』ポプラ社　2003年）

お江戸の百太郎
（『お江戸の百太郎』　岩崎書店　1986年）

注文の多い料理店
（『注文の多い料理店』所収　ポプラ社　2005年）

監　修

白坂洋一《しらさかよういち》

筑波大学附属小学校教諭。鹿児島県出身。鹿児島県公立小学校教諭を経て、現職。教育出版国語教科書編集委員。『例解学習漢字辞典［第九版］』（小学館）編集委員。著書に『子どもを読書好きにするために親ができること』（小学館）『子どもの思考が動き出す 国語授業4つの発問 』（東洋館出版社）など。

※現代においては不適切と思われる語句、表現等が見られる場合もありますが、作品発表当時の時代背景に照らしあわせて考え、原作を尊重いたしました。
※読みやすさに配慮し、旧かなづかいは新かなづかいにし、一部のかなづかいなど表記に調整を加えている場合があります。

よんでよかった！
考えを広げる　教科書のお話　４年生
2025年2月　第１刷

監修	白坂洋一
カバーイラスト	後藤美月
カバー・本文デザイン	野条友史（buku）
DTP	株式会社アド・クレール
校正	株式会社円水社
発行者	加藤裕樹
編集	荒川寛子・井熊瞭
発行所	株式会社ポプラ社 〒141-8210　東京都品川区西五反田３－５－８ JR目黒MARCビル12階 ホームページ　www.poplar.co.jp
印刷・製本	中央精版印刷株式会社

ISBN 978-4-591-18537-7 N.D.C.913 223p 21cm Printed in Japan

P4188004